文春文庫

長生きは老化のもと

土屋賢二

文藝春秋

まえがき

週刊文春に「ツチヤの口車」というコラムがある。そこに連載した文章を厳選したのが本書である。

五十歳でエッセイを書き始めたころ、わたしは万古不易の真理を語ろうと思っていた。時代を超え場所を超えた人間や世界の本性の中に笑いを見出そうとしていた。

だが近年、現実に起きる個々の出来事は、無視するにはインパクトが大きすぎる。新型コロナの感染が広がり、東京オリンピックが開催され、買い物に失敗し、片づけは未遂に終わり、体重が増え、老化が進んだ。歩行中、後ろから「チリン」という自転車のベルの音がしただけで心臓が止まりかけ、屋根から落ちたときも「わっ」と声を出すほど動揺する繊細なわたしが、これらの出来事を目の当たりにして、心を動かされないわけがない。

そのため、崇高超俗な内容になるはずの文章が、心ならずも下世話な話題に終始することになった。

これに対して「お前の個人的事情なんかどうでもよい。問題は、なぜ買わなくてはならないのかということだ。週刊文春はほぼ毎号買い、お前のコラムも十回に一回は読んでいる」と言われるだろう。

　もっともだ。だが、かりに「ツチヤの口車」を毎号読んでいたとしても購入する価値がある。理由は三つある。
（1）一度読んでも忘れているはずだ。何度も目を通したわたしでさえ、何を書いたか忘れているのだ。いつまでも忘れられない文章を書く作家もいる。だがわたしのスタイルは違う。心に残らないように「キレがよく、後味スッキリ」を狙って書いているのだ。心に残っている恐れはまずない。
（2）かなり変えている。どんな物でも純度百パーセントということはない。どうしても不純物が混じる。文章も例外ではない。文庫に収めるに当たって読み返してみると、不完全なところ、変えた方がいい部分、意味不明のところ、読むに値しない文章など、不純物に当たる部分が含まれていることに気づいた。そういう不純物が全体のわずか七十パーセントとはいえ、含まれたまま放置するのはわたしの良心が許さない。良心を捨てれば問題は解決するが、わたしはあえて手を入れた。その結果、不純物が六十パーセントになったか九十パーセントになったか、どちらかだ。少なくとも、週刊文春で読んだ文章からは、かなり改善というか、改変されているから、一度読んだ文章とは気づかないはずだ。
（3）かつて週刊文春で読み、すべて記憶しているとしても、名文というものは何度も読む価値がある。わたしの書くものを名文だというには抵抗をおぼえるかもしれないが、名文かどうかは、何度も読んでみなくては分からない。最初読んだとき「名文だ」と思っても、後で読むと気取りすぎてイヤな文章だと分かったり、「愛想もなく、木で鼻をくくったような味気ない文章だ」と思っていた文章が、後で読み返すと、すばらしい名文だと気づくことがある。だから、一回読んだだけでは名文かどうかは分からない。それを知るためにも何度も読む価値はある。

こう言うと、反論されるだろう。

「そこまでしてツチヤの文章が名文かどうかを知る必要はない。そんなことよりするべきことがいっぱいある。パチンコとか昼寝とか」

だが、万一わたしの文章が珠玉の名文だったらどうするのか。宝物を書店の本棚に放置しておいていいのか。ノーベル文学賞を受賞したときになって、ツチヤ本を探しても初版本は入手できないのだ。そうなったら大きい損害ではないか。ダーウィンの『種の起源』初版本が千五百万円で落札されたことを忘れてはならない。

後悔しないためにも、初版のうちに購入して何度も読むべきなのだ。フィギュアを収集する人は、鑑賞用、保存用、予備用と同じ物を三つ買うという。これにならって最低三冊は買うのが賢い。さらに先見の明があるなら、将来価値が見直されたときに売るために、あと最低三冊は買うはずだ。もちろん、家族や友人に勧めるだろうから、さらに買う量は増える。

知り合いが入院したら、本書こそ差し入れるべき物だ。何も考えずに読める上に、すぐれた催眠作用があるから、病人には最適だ。入院が長びくようなら、さらに別のツチヤ本を差し入れれば喜ばれるはずだ（少なくとも出版社と著者には喜ばれる）。あわせて同室の患者、看護師、医師、事務職員などに配れば喜ばれるに違いない。病院近くの古書店には何冊もわたしの本が並ぶだろうから、古書店にも恩恵は及ぶ。

実際、入院中の人からファンレターをいただいたこともある。そこには病気が悪化したとも命を落としたとも書いていなかった。

病院だけではない。先日も、警視庁が留置場に置く本として、わたしの本を選び、大量に買ってくれたのだ。想像もしなかったが、わたしの本は更生にいいのかもしれない。

刑務所でもそうだ。強盗を働いて服役中の人や詐欺で服役中の人からファンレターをもらったこともある。加えて、服役同然の家庭生活を強いられている一般の人からもファンレターをもらったことがある。将来、服役、または服役同然になったときのためにも、本書は常備しておくべきだ。

こう考えてくると、本書を買わない理由が思い浮かばないのである。それでも迷っている人は、「買って後悔する方が、買わずに後悔するよりよっぽどマシだ」という格言をかみしめてもらいたい（格言というものは、「だれの発言なのか」「根拠があるのか」と問うてはならない）。本書を買わずにカツ丼でも食べようと思っている人は、そこまでして脂肪をたくわえたいか、自問してもらいたい。本書の代わりに教養書を買おうとしている人は、頭でっかちのイヤらしい人間になってうれしいか、自問してもらいたい。幸福になる方法を説く本を代わりに買おうとしている人は、わたしが不幸になってもいいのか、自問してもらいたい。

目次

融の章

通の章

無の章

碍の章

本書は文春文庫オリジナルです。
初出　「週刊文春」（二〇二〇年一二月三一日・二〇二一年一月七日合併号～二〇二二年三月一七日号）
本文イラスト　土屋賢二
扉イラスト　ヨシタケシンスケ
デザイン　大久保明子
※本書に登場する人物の肩書・年齢などは、連載当時のままです。

長生きは老化のもと

融の章

コロナの脅威　さまざまな見方

わたしは問題を多数かかえているが、新型コロナの流行は完全に想定外だった。これまで問題を一つ解決したと思ったら、次の解決不可能に見える問題が必ず出てきた。この流れを断ち切るために、解決するのをやめようと思った矢先だった。

問題というものは、何かが思い通りにならないから発生する。これまで、わたしは思い通りにならないのなら、わたしが相手の思い通りになればいい、と考えて苦境を切り抜けてきた。だがウイルスの思い通りになったら死ぬ恐れがある。

また、逃げることによっても苦境を切り抜けてきたが、絶海の孤島に逃げればコロナの感染は防げるが、たぶん感染するより孤島にいる方が早死にするだろう。

過去、これらの手法で解決したことはないが、問題を先延ばしにすることはできた。先に延ばしているうちに、ウヤムヤになるか、当事者のだれかが死ねば問題は解消するという狙いだ。だがウイルスはウヤムヤにするのも先延ばしにするのも許さないだろう。

いまのところ、新型コロナで一番死にやすいのは高齢者だ。だれも大っぴらには言わないが、これは財政的には好都合だ。好都合すぎる。

ただ、高齢者の立場で考えても、子どもが死なないのはうれしい。わたしが神だったら、やはり同じ症状分布を選ぶだろう。そして自分を若返らせるだろう。

中でも危ないのは基礎疾患をもつ高齢者だ。わたしも調べれば基礎疾患の一つや二つはあるはずだ。だから散髪にも行けない。散髪に行ったのがもとで死ぬかもしれない。その上、どうせ不本意な髪型にされているに決まっている。

高齢者と違い、若者は風邪程度だとタカをくっている。若者は高齢者の危険性が分かっているのか？　コンビニで、支払いのとき店員と十分な距離がとれないと思い、商品をもって出ようとしたら会計をしろと注意するではないか。テレビでは、渋谷に遊びに来ている若者が「感染者が増えている実感がない」「家にいても退屈だから街に来た」などとインタビューに答えている。その若者の顔は覚えるようにしている。こんど若者が重症化するウイルスが広がったら、そいつらの前で咳をしてやる。

ただ、もしウイルスが突然変異して、思いやりのない人が重症化するようになったら、わたしは若者に電車の席を譲り、ラーメン店に並ぶ順番を譲るつもりだ。

コロナの影響は大きい。わたしは多くの人と同じく、念を入れてコロナが登場する前から運動を控え、その代わり好きなだけ食べている。その結果、体重が顕著に増えた。コロナ太りの困る点は、コロナが去っても脂肪は去らないことだ。

影響はそれだけにとどまらない。密になりたくて忘年会やキャバクラに行く人は「密になるな」と一喝された。遠隔授業では、教師の高圧的態度が父兄に知られ、教師が謝罪に追い込まれた。今後、大学の授業がネットで公開されれば、やり玉にあげられる授業も出るだろう。定年になっていてよかった。

だが、広い視野で見れば、さほど悪い事態ではない。ペストや天然痘の流行ほどひどくはないし、マンモスに踏みつぶされるのを心配したり、戦時中のようにいつ殺されるか分からない時代よりマシだ。ほとんどの動物は、生まれ落ちたときから死ぬまで他の動物に食べられる恐怖に怯える毎日を送っている。そんな動物に生まれていたら、毎日コロナ感染者に囲まれているも同然だった。

コロナに怯えながらも、怯える対象がコロナ程度でよかったとしみじみ感慨にふけっていると、「ネギとゴボウを買い忘れてるじゃないのっ！」という怒声が飛び、緊張が全身に走った。

時間が足りない

昔、定年になったら、ありあまる時間をどう使うかが課題になると思っていた。だが、この予想はいつも通り、完全に外れた。これだけ予想を外し続けるのは難しいのではないかと思う。この十年間で当たった予想は、「今度も予想を外すだろう」という予想だけだ。

実際に定年になってみると、仕事は激減したのに、時間をもて余すことも、退屈することもない。それどころか、時間が足りない。

忙しいわけではない。仕事は限界まで減らし、やるべき仕事もサボっている。そそれなのに時間が足りない。朝起きて、気がつくと夜だ。時間がたつのが早すぎる。昨年の一年間は、年頭の抱負を考えているうちに終わった。

若いころも時間があったわけではない。何かに夢中になると、いつの間にか時間がたっていた。いまでは何に夢中になっているわけでもないのに、時間は急速に過ぎ去っている。

そのため色々と断念を強いられている。必要な運動をする時間がない。テレビで紹介される朝晩五分の運動をする時間も取れない。わたしと同じタイプの人が多いのか、最近紹介される運動はほぼ三分以内の、テレビを見ながらできる運動ばかりだ。それでさえ、実行する時間がない。

まったく時間がないわけではない。ダイエットを実行する時間はないが、ダイエットを断念する時間はある。皿洗いをする時間はないが、皿洗いをサボる時間はある。マラソンを完走する時間はないが、マラソンを完走しない時間はある。英単語を覚える時間はないが、忘れる時間はある。

もちろん部屋を片付ける時間などあるはずがない。探し物の時間を作るのが精一杯だ。探すのも一定時間内に制限しないと探し物で人生が終わってしまう。そのため、たいてい時間切れで探し物は見つからない。

新型コロナのせいで医師や看護師が不足して困っていると知り、協力したくて資格を取ろうにも、医学の勉強をする時間が取れない。ピアニストにもなりたいが、基礎練習の時間がない（ピアノを始めた四十歳のときからずっと時間がない）。人格の陶冶《とうや》にさく時間に至っては、あまりにもなさすぎて、人格の陶冶そのものを断念している。このままでは「人間が小さい」と非難され続けるのを甘んじて耐えるしかない。

時間がないのに、体力、知力、人格、いずれも低下する時間だけはある。唯一の慰めは、最初から低レベルだったため、下げ幅はそれほど大きくないことだ。ホメロスなどの古典を原語で読めば人間の幅も広がると思って、文法書や辞書を揃えていたが、とっくの昔に無駄になった。思えば何もかも達成しようとするのが強欲だった。無欲になるべきだ。期せずしてこれに気づいたことが人格の向上につながったかもしれない。

どこに問題があるのか、一日の過ごし方を分析すると、意外なことが判明した。起床後、眠りが足りず、眠さとの闘いに午前いっぱいを費やす。午後になると眠さに負けて昼寝をする。夜になってやっと目が覚めるが、何かを始めるには遅すぎる。テレビを見るのが精一杯だ。朝型に変えるため、早寝しようとするが、寝つけない。寝つけるように、軽い読み物を読むが、軽い物が好きなためか、目は冴える一方だ。いくら目が冴えても、深夜だから何かを始めるには早すぎる。

これで分かった。睡眠との闘いで他のことをする余裕がないのだ。根本的には地球の自転周期とわたしの身体がズレている。地球相手では勝てるはずがない。

だがどんな状況にも光明はある。実は精力的に仕事をしているのだが、ボケのせいで、それを忘れているだけかもしれない。

新年の誓い　胡散臭くないか？

歳を取るにつれて、正月の過ごし方も一年の過ごし方も固定化してくる。日々新しい経験をする若いころとは打って変わって、毎日が「以下同様」になる。

だが今年は違った。「あと何回正月を迎えられるか」と思いながら正月を迎えたのだ。予想外だ。今年も予想の外れ方は順調だ。

今年は特別だ。コロナで自粛しているのか、初詣《はつもうで》は参拝客が異常に少なかった。わたしは「自粛で神社はガラ空きになるからいまが参拝のチャンスだ、と考える客が殺到する」と予想して参拝を見合わせたが、大外れだった。

予想が当たることもある。新年の誓いを立てた後、挫折するのは確実だ。過去、正月に誓いを立て、松の内が終わる前に挫折してきた。誓いの内容は「早寝早起きを心がけ、食べ過ぎず、万一それが守れなくても、やけ食いや不規則な生活に走らない」「外国語の単語を一日十個覚え、忘れる単語は十五個以内にとどめる」「家の金をくすねない。見つかっても言い訳をしない。見つかったときの言い訳を事前に考えておく」などだが、実行できたためしがない。あまりにも実行できないから、

「二度と誓いを立てない」と誓った年もある。

絶対に守れる誓いを立てるのは簡単だ。「横綱にならない」「ノーベル賞は辞退する」などの誓いにとどめればいい。あるいは抽象的に「大人物になる」「食べるのを最小限に抑える」などにすれば、誓いを破ったかどうかが判断できなくなる（「最小限に抑える」の「最小限」の量が決まらない）。また、「自分勝手なことをしない」という誓いは十分抽象的だが、これに「やむをえない場合を除く」を付け加えると、何をしても「やむをえなかった」と申し開きできる。

だがわたしは常に困難な道を選ぶ男だ（簡単だと思って選んでも、実際には一番困難な道だったと判明するのだ）。誓うときも、安易な道は避けたい。どうがんばっても破ってしまうほど厳しい誓いを立てるところに人間の誇りがある。これまで誓いを守れなかったのは誇れることなのだ。それなのにわたしは謙虚なばっかりに、自己嫌悪に陥ってしまう。損な性格である。

あらためて考えれば「新年の誓い」は胡散臭い。

まず「新年」の概念が問題だ。「除夜の鐘で過去の汚点は一新され、年が明けると新しく生まれかわる」と考えがちだが、年が明けても借金や腹の脂肪はなくならず、食の好みも妻の性格も変わらない。年が明けるといっても一日経過しただけだ。一変するわけがない。汚点がチャラになるなら、貯金もゼロになるはずだ。数十年かけて蓄えた知識もチャラになる。毎年幼稚園から勉強し直す覚悟があるのか。

もっと問題なのは「誓い」だ。高校野球では「スポーツマンシップにのっとり、正々堂々と」と宣誓するが、実際には盗塁、敬遠、隠し球など、卑怯なことのし放題だ。そもそも相手をやっつけるという姿勢がスポーツマンシップなのか。

結婚式で「健やかなるときも、病めるときも、愛し、敬い」と誓ったことはかけらも記憶に残らない。夫が「体調が悪い」と訴えると仮病扱いされ、ゴキブリに怯えたが最後、妻は夫を軽蔑し、「臆病者」という一生消えない烙印を押す。「敬う」と誓ったのは「自分を敬う」という意味だったのか。

誓いは形骸化し、お題目に成り下がっている。心にもないことを誓い、あとは好き勝手にふるまう。いい加減、こんなゴマカシはやめようではないか。

こう提言してスッキリしたわたしは、心置きなく新年の誓いを十六個立てた。だが結果は予想外だった。三日経ったいま、何を誓ったか思い出せない。

教え子は今年も恩知らずだった

教え子から電話があった。新年の挨拶と近況報告の後、教え子が言った。

「今年、喜寿ですね」

「えっ、そうなの？　知らなかった。それはめでたい。期待しているよ」

「な、何をですか？　あっ、用事を思い出しました。失礼します」

「待ちなさい。失礼しますって、失礼じゃないか」

「失礼だと思うから、失礼しますって言ったんです」

「失礼だと分かってあえて失礼なことをするのは、無意識的に失礼なことをするより失礼だ。だいたい『失礼します』と言えば何をしてもいいのか。泥棒でも人殺しでも『失礼します』と言えばすむのか」

「細かい屁理屈……器が小さいと言われません？」

「言われるよ。ただわたしは器が大きいのとはタイプが違う。カミソリの刃……」

「のように薄っぺらだからタイプが違うとおっしゃるんですね。でも薄っぺらで、しかも器が小さいタイプという最低の人はいます」

「しかも教え子にも妻にも恵まれないタイプだ」

「すぐ誤解するタイプです。でもよかったですね。多様性の時代になって。最低の人も許容されますから」

「だが、多様性ってヘンじゃないか？　殺人鬼も許容するのか？　性犯罪常習者や虐待を繰り返す者も許すのか？　それなら警察も刑務所もいらない」

「たしかにその通りです。許容するにも限度があります。自分でも分かっていないことを教える教師なんか、消えてほしいです」

「その消えてほしいリストに、恩知らずの教え子も加えてもらいたい」

「多様性の時代でも風当たりは強いでしょうが、前向きに生きてくださいね」

「『前向き』というのも気に入らない。『前向きに』というのは自分を肯定しろということだろう？　だが、カッとなってすぐ暴力をふるう人間が前向きになったらどうするのか。欠点だらけの自分勝手な人間が『これでいいんだ』と自信をもってもいいのか。わたしはむしろ自分を否定しろと言いたい。自分はくだらない人間だ。無価値で情けない人間だ、そう思うぐらいでいい。だいたい、前向きって何だ？自分の向いている方が前だ。どっちを向いても、それが前だろう」

「イチャモンが多いですね。器が小さい人の特徴です」

「器が小さいと言われたから言わしてもらうが、君が卒業できたのはだれのおかげだと思っているんだ」

「先生のお情けで卒業できたような言い方はやめてください」

「『卒業できたのは、君自身のおかげだ』と言おうとしたんだ。何よりも、わたしがうっかり不合格点をつけるようなミスをしなかったことが大きい」

「どっちにしても器の大きさとは関係ありません」

「器の大きさだって元の話とは関係がなかったんだ。喜寿の話を君が無理やり器の話にしたんじゃないか。喜寿に話を戻そう。この時期だから、祝賀会の開催は難しいだろうが、逆に大きい会場は空いているかもしれない。武道館とか。いっそのこと現金で渡してもらってはどうだろう」

「でも還暦も最終講義も先生は嫌がったんですよ」

「あのときは『えーっ、そんなぁ』と言ったら、すかさず『そうですよね、祝ってもらおうという卑しい気持ちなどかけらもありませんよね』と言われて断るしかなかった。ふつう押し問答になるだろう？　押し問答になったら渋々ＯＫしてた」

「えっ、そうだったんですか？　ガッカリです。先生がそんな世俗的な方とは知りませんでした。たしかに先生は軽率だし器は小さいし、サボり癖はあるし、信頼できないし、貧相です。それでも、もっと気高い人だと思っていました。残念です。失礼しますっ」

総理のスピーチ力

菅義偉総理への批判が高まっている。新型コロナ対策で賛否が分かれるのは当然だが、問題は総理のスピーチ力への批判だ。「下を向いて棒読みだ」「熱がこもってない」「心に響かない」「メルケル首相を見習え」「リーダーに必要なことばの力がない」など。だが、原稿を読み上げるのと、暗誦するのとどう違うのか。一国のリーダーは弁舌巧みでなくてはならないのなら、演説原稿はスピーチライターに書かせ、専門家の演技指導を受けるべきなのか。だいたい感動を与えるスピーチをしないと適切な行動が分からないほど国民は判断力がないのか？

人を動かすスピーチ力が必要だというなら、演説巧みだったヒトラーが国民の心を動かしてどれだけ悲惨な結果をもたらしたか、考えてもらいたい。歴史上、国民を戦争に駆り立てたのは政治家の優れたスピーチ力だった。

スピーチで簡単に動かされる国民も国民だ。シェイクスピアの『ジュリアス・シーザー』でも、シーザーを殺したブルータスが演説すると、民衆はシーザーは殺されて当然だと思い込むが、その直後、アントニーの演説を聞くと態度は一変する。人心は口先一つで簡単に動かされるのだ。

ことばの力が生死を分けるような時代もあった。古代ギリシアでは裁判にかけられたら、何百人という裁判員をことばで説得できないと簡単に死刑になった（ソクラテスもそれで死刑になった）。そこで人を動かすスピーチの仕方を教える弁論術も発達した。

弁論重視の風潮にプラトンは異を唱えた。スピーチ力を磨いても、人々に一定の思い込みを与えるだけだ。弁論術は、人々に受け入れられやすくする「迎合」にすぎない。目指すべきは、善さそうに見える物ではなく、何が善いかという「知識」だ。作るべきは、口当たりのよい料理ではなく、健康によい料理だ。総理のスピーチを批判する人はプラトンの『ゴルギアス』を読んでもらいたい。

わたしも口下手だ。わたしが総理として記者会見に臨んだならどうなるか。

＊

新型コロナは、殺意をもった者が家の中に住みついているようなものです。ちょうどわたしの家の状態です。外へ出て解放されたと思ったら、若者が盛り場で遊んでいる。包丁を振り回して暴れているようなものです。それが危険だということが分からないほど若者は愚かなのでしょうか。早速文科大臣に教育を見直すよう指示しました。

ウイルス蔓延のために全力を尽くします。えっ？　あっ、「蔓延を阻止するため」の言い間違えです。何だ、そのしたり顔は！　言い間違いだと分かったのなら、わたしが何を言いたいかは分かったはずだ。ちゃんと通じているじゃないか。あえてミスを指摘してうれしいか？　些細なことで鬼の首を取ったような気になるな。お前はわたしの妻か。昔、妻の名前を間違えて呼んだだけで妻は激怒したが、それと同じじゃないか。

ことばも感動も万能ではない。不祥事が発覚したら、いくらことばを尽くして謝っても妻は許さない。ヒトラーが説得しても許さないだろう。

わたしのコロナ対策を批判する者がいるが、そういう者は日本より感染者の多い国はもっと間違っているとなぜ糾弾しないのか。何っ？　感染者の少ない国もある？　条件が違うだろう。もういいっ！　今後は箇条書きのプリントを配るだけにする。それなら間違えても誤字脱字ですむ。間違いを五個入れておくから、見つけて喜んでろ。以上。

ワクチンとギャンブル

教え子が言った。

「いよいよコロナのワクチン接種が始まりますね」

「あるアンケートでは、すぐに接種したい者が二割、様子を見てからと答えた者が半数以上、接種しない者が二割ほどいる。情けない結果だ。問題なのは、ワクチンを打たないと答えた者だ。みんながワクチンを接種してコロナが収束すれば、自分が打たなくても、何のリスクも負わなくてすむというハラだ」

「それは先生の独断です」

「若者は重症化しないからワクチンの必要はないとタカをくっているだろうが、今後、若者だけ重症化するように変異したらどうする。浅はかではないか。様子見と答えた者も浅はかだ。明日感染するかもしれないし、ワクチンの供給が止まる可能性もある。そこまで考えているのか」

「先生はどうなんですか」

「すべての可能性を熟慮した上で様子見している」

「浅はかすぎます。病院の負担、周りへの迷惑を考え、高齢者は接種すべきです」

「ただ、高齢者が実験台にされてるんじゃないかという疑念が消えない。副反応で死んでも、高齢者ならどうせ早晩死ぬから被害は小さい。接種して無事なら『優先的に助けてやった』と恩を売りつつ、安心して自分たちも接種できる」

「そんなことはありませんよ……たぶん。かりにそうだとしても、先生には若い者のためにあえて実験台になってやろうというお気持ちはないんですか」

「も、もちろんある。しかし第一に、渋谷あたりで遊んでいる奴らのために犠牲になる気はない。第二に、極端な虚弱体質だから実験台には不適格だ。第三に、いま死ぬと、これまで払った年金を回収できない。第四にわたしが納税しなくなれば、国の財政赤字は改善しない……」

「先生が納税してもしなくても財政赤字には影響ありません。要するにワクチンは打たないんですね」

「そうとも言えない。重症化のリスクとワクチンのリスクを比較できないんだ」

「基礎疾患のある高齢者はワクチンを打てとテレビで評論家が言ってました」

「その評論家もワクチンの安全性を高齢者で確かめたいんだ。判断は難しい。第一に基礎疾患がある可能性は否定できないが、確定はしていない。第二に、新型コロナウイルスに感染しない可能性もある。外出自粛とマスクで感染しないですむかもしれない。感染しても重症化しないかもしれない。他方、ワクチンを打っても副反応がない可能性もあるし、副反応で一生寝たきりになる可能性もある」

「まだ寝たきりになる事例は報告されていません」

「何事にも最初がある。わたしは先覚者タイプだ。寝たきり第一号になる可能性は十分ある」

「一口に一生寝たきりといっても、残り少ない人の一生とわたしの一生では、被害の大きさが違います」

「ほら見ろ、そういう考えだから高齢者を実験台にするんだ。とにかく可能性だけだから判断が難しくなる。現在の株価の比較はできるが、今日と明日の株価を比較するのは難しい」

「でもワクチンの場合は確率を考えれば明らかです」

「確率で片がつくなら、なぜ確率的に不利な宝くじを買うんだ？　なぜ十万人に一人の副反応を恐れるんだ？　確率を無視するところに、人間の誇りと……」

「愚かさがあります」

「こうなるとワクチンを打つ打たないはギャンブルだ。思えば昔、負ければ空腹をかかえて野宿という状況で、最後の千円を賭けて大勝ちして食べたご馳走の味が忘れられない」

「何を食べたんですか」

「牛丼の大盛りだ」

「……ギャンブルの成績はどうなんですか？」

「目下、百連敗中だ。惜敗率は九十九パーセントだ」

「ワクチンの勝負、先生なら惜敗に持ち込めますよ」

ツチヤ師の復活

ツチヤ師が姿をお見せになるとの知らせが信奉者の間にまたたく間に広がった。ツチヤ師は、筆者とは無関係の、希代の聖人である。ただの高齢者にしか見えず、中身もこれといって聖人らしいところはない。だがそれこそ、並の聖人には真似のできないところである。

崇拝者にせがまれて行う辻説法が深遠だと評判を呼び、話を聞きたがる人が増えたが、長い間お姿を見せず、信奉者の間で師の身を案じていたところ、スーパーでゴボウを買っておられるところを信奉者の一人が目撃し、交渉の末、動画ライブ配信をしていただく手はずを整えたのである。

信奉者が待ちかまえる中、配信の時間になっても、いっこうに始まらない。三十分後、突然、画面に焦ったツチヤ師の顔が映り、「あれ？」と言うなり、画面が消えた。それが数回繰り返され、師の憔悴したお顔が映った。手には、信奉者が手順を書いた紙をもっておられる。泰然自若《たいぜんじじゃく》たる態度を装わないところが、並の聖人とは格が違う。

「これでいいのかな……分からん！　配信されないかもしれないが」

　こうおっしゃると、意を決して話し始められた。

「日本の未来は暗い。テレビで渋谷の若者が『外出禁止にしてくれれば遊び歩かない』と言っていたのである。日本の若者は命令されたいのであろうか。それなら、わたしが電車で『席を譲りなさい』と言ったときなぜ断り、電器店で『千円まけなさい』と言ったときなぜ断るのか。こう言うと、最近の若者はなっていないと賛同するかもしれない。だが、見よ！」

　こうおっしゃって勢いよく人差し指をお立てになったはずみで、机の上のコーラのペットボトルが倒れ、師のお姿が画面から消えたまま、三十分ほど経過した。再び登場した師のお姿は動揺しておられた。

「ね、年配者の中にも、総理により強く国民を牽引《けんいん》してほしいと望む者がいる。海外で『マスクをしろ』『外出するな』などと政府が命令することに反対するデモが起きているのと対照的である。さらに見よ！」

　そこまでおっしゃると、さきほどコーラが全部こぼれたのか、師はコップの水で喉をうるおされた。

「『いかに生きるべきか』と問う者がいる。これは自分の思うように生きるのではなく、正しい生き方、最善の生き方をだれかに教えてもらい、それに従おうとしているのである。そのくせ『わたしが教えよう』と言うと、例外なく断るのである。中には『正しい生き方など関係ない。好きなように生きる』と豪語する者もいる。だが自分が最善だと思っても間違っていることがある。健康法や結婚やギャンブルで痛い目にあい続けてきた人生ではないか。間違っていてもいいから自分の思い込みの中で生きればいいと考える者がいるであろうか。だれしも客観的に正しい生き方を求めるはずだ。これがプラトンの考えである。あっ！」

コップが倒れたのか、師の姿が消え、三十分後、動揺した師が画面に現れる。

「だ、だが風呂を考えよ」

意外なおことば、いつものツチヤ師である。

「風呂の温度がちょうどいいかどうか。風呂に入る本人がこれを間違えるであろうか。本人のいいと思う温度がいい温度である。その人に向かって『お前は間違っている』と言えるであろうか。生き方についても同じことが言えるのではなかろうか。このことは重要である。よく考え……」

このとき師の背後から、「さっきからグダグダ何、くだらないことを言ってるのよ！」という声が聞こえ、師の顔に動転した表情が浮かび、突然、画面が真っ黒になった。

わたしの個人情報

コロナ禍の中で痛感されたのは、マイナンバーの普及の遅れである。大きい障壁になっているのは、個人情報の流出への懸念である。

近年、個人情報の扱いは慎重になっている。名簿や緊急連絡網はなくなり、大学の合格発表は、氏名でなく番号でなされている。これほど神経質になっているくせに、なぜみんな平気で自分の名前と顔をさらしているのか不思議である。

個人情報がそれほど大事なら、大学入学後も、刑務所にならって氏名の代わりに番号を使うべきではないかと思う（マスクや仮面をつけるようにすれば、顔も知られなくてすむ）。念のため、番号は不定期に無作為に変更し、卒業と同時に番号の記録も抹消すれば個人情報はほぼ守られる。

夫婦の間でも、無断で携帯を見るとプライバシー侵害になる。やがては本名、職業、収入、年齢、体重、前科、愛人関係などの個人情報も厳重に保護するようになるかもしれない。

それほど重視される個人情報だからさぞ貴重なものに違いない。そう思ってわたしの個人情報を点検したところ、驚くべきことが判明した。自分で知っている情報は信じられないほど少ない上に、そのわずかな情報も不正確きわまりないのだ。自分の容貌は把握しているつもりだが、写真を見ても鏡を見ても、失望しなかったことがない。録音した声を聞けば、まるで他人の声だ。思っているよりはるかにみすぼらしい。大幅に自分を美化しているとしか思えない。

ただ、自分の目や耳で確認できるのは氷山の一角にすぎない。自分の寝顔や後ろ姿、真上から見た姿は、自分では分からない。目のさめるようなハンサムである可能性も捨てきれない。

心については、情報量はさらに悲惨だ。自分が何を望んでいるかということですら、確たる情報はない。ファッションでも食べ物でも、専門家が創出した需要や欲求をそのまま受け入れているし、映画や小説など、どこで泣かせ、どこで笑わせるか、計算通りに操られている。異性の好みでさえ、最近は人工知能に教えてもらう時代なのだ。

そのほか、わたしの内臓や血液の情報は、わたしより医者の方が知っているし、預金の情報は銀行員の方が知っている。わたしの小遣いの上限は妻しか知らない。自分の過去の情報も乏しい。子ども時代のことを覚えていた親は「小学校に上がっても寝小便していた」と嘘をついていた。わたしが何を言ったかを覚えている

（と言う）妻は「何を買ってもいいと約束した」などと捏造《ねつぞう》している。

さらに曖昧な「人間性」に至っては、だれもが情報と呼べるものをもたず、好き勝手に創作している。妻も、自分をよっぽど偉大な人物だと思い込んでいるはずだ。そうでなければ、あれほど高飛車にわたしを叱りつけるはずがない。そのせいで、若いころ誇り高かったわたしは、いまや、ひいき目に見てもロクデナシとしか思えなくなっている。

だが、曇りのない目で見ればわたしが偉大な人物であるという可能性も残っている。何といってもわたしは謙虚だ。自分を過小評価している可能性が大きい。

だがそれもあやしい。たとえばわたしは「自分が一家を支えている」と自負し、その責任を片時も忘れたことはないが、妻はわたしに頼るどころか、軽んじているフシがある。理由は不明だ。大地震のときわたしが真っ先に逃げたからなのか、ゴキブリが出ると、躊躇なくスリッパを妻に渡すからなのか、妻の財布から金を抜いたからなのか、隠し事がバレたのか、「ありがとう」か「ごめんなさい」を言い忘れたのか。

いずれにしても保護に値しない個人情報ばかりだ。

目くじらの力

恐れていたことが起きた。わが家における男の地位向上を図ろうとしていた矢先だった。皮肉にも、オリンピック組織委員会の会長の女性差別発言が世界中の批判を浴びたのだ。

二十六年前、渡英したわたしは、イギリスの印象を格調高く綴り、イギリス人に読んでもらった。多くの人（ホーキング博士を含む）は「大笑いした」と感想を述べ、イギリス人には噂通りユーモアのセンスがあることを示した。だが大学講師などインテリ層の女性の反応はまったく違っていた。彼女たちはニコリともせず、「政治的に不適切な箇所がある」と指摘したのだ。問題の箇所はこうだ。

「イギリスの料理はまずいと聞いていましたが、一週間絶食するか、わたしの家の家庭料理を三日食べた後なら、おいしいと感じるはずです。イギリスには美人がいないとも聞いていましたが、一週間女性の姿を見ないでいるか、わたしの妻を三分間見た後なら、美しいと思うはずです」

彼女たちの指摘によれば、自分の妻の悪口を言うのは許されないというのだ。わたしは説明した。

「日本の男は家族を自分と一体のものとみなしている。しかも謙虚だから自分のことを自慢しないのと同様、妻のことを人前でホメるのは礼儀に反すると考えるのだ。だからたとえ真実をさらしてでも、妻をケナすしか道がない。だがイギリスの男は、嘘をついてでも妻をホメなくてはならない。だから日本の男は謙虚で正直、イギリスの男は嘘つきになる。わたしは嘘をつくべきだったのか？」

「そもそも女性の美醜を語るべきではない。性的対象として見られるのは不愉快なのだ」

「わたしは性的対象として見られても不愉快ではない。むしろ愉快だ」

「それはセクハラだ。お前は、！”＃＄％＆，＋＊（聞き取り不能）」

冗談で書いた文章になぜ彼女たちは目くじらを立てるのか不思議だったが、十カ月後には考えが一変した。

イギリスは少し前まで保守的な国だった。ケンブリッジ大学のカレッジは三十一あるが、ほとんどのカレッジが一九七〇年代後半まで、モードリン・カレッジは一九八七年まで女子の入学を認めなかった。それが、日本よりはるかに男女差別の少ない国になったのだ。

驚異的変化をもたらしたのはただ一つ、人々があらゆる機会を捉えて粘り強く差別に反対してきたからだ。目くじらの賜物なのだ。

動物保護もそうだ。イギリスは以前、動物保護どころか、人間を平気で拷問するような国だった（ロンドン塔の拷問器具を見よ）。有数の動物保護国になったのは、人々の粘り強い運動があったからだ。それが唯一の意識改革の方法なのだ。

十カ月の滞在後、帰国して驚いた。テレビで女性アシスタントがレオタード姿で賞品を運び、メディアが「美人看護師」などの表現を使い、女子社員に酌をさせ、大学教員も政治家も相撲も男子柔道も男の数が圧倒的に多いことにショックを受けた。それほどイギリスで洗脳されたのである。

イギリス人に日本人をどう思うかと聞くと、ほぼ同じ答えが返ってきた。

「日本の女性はすばらしい。だが男は最低だ。家に呼んで食事中に会話を盛り上げようとして話を振っても男は腕組みをして『イエス』と言うだけだ。旅行で日本に行ったとき、男が荷物を女にもたせて歩いているのを見て腹が立った。日本の男はあまりにも傲慢だ」

これにはさすがに温厚なわたしの中でも怒りが爆発した。こう見えても日本男児だ。誇りを傷つけられて黙っていられるか。怒りをこめて猛抗議した。

「違うっ！　日本の女にも傲慢なのがいる！」

律儀すぎる生き方

自分で言うのもはばかられるが、だれも言ってくれないから言おう。わたしは律儀である。約束したことは守る男だ。

小学生のときは毎日宿題を忘れていた。だが大人になってそれが一変した。いまでは約束を破らない。約束を避けるようにしたのだ。出社時間などが厳重に決められている会社に勤めるのもあきらめた。

だが、人生にはやむをえないことがある。学部長をしていたころは会議を開く必要に迫られ、十回ほど招集した。そのうち、すっぽかしたのはわずか三回、実に七割もの出席率である。責任感が強いタイプなのだ。

何より、原稿の締め切りを忘れたことは一度もない。週刊誌など発行日が決まっている場合は、締め切りに間に合わなければ、最悪、連載のページが空白になる。万一空白ページになれば、わたしの場合、空白の方がメモに使えるから好ましいと思われる恐れがある。空白の方がマシだということに気づかせたくない一心で、締め切りを死守してきた。

だが単行本の締め切りは「一カ月後」など、大まかだ。だから書くと約束して十年以上たつ原稿も三件あるが、律儀だから約束を片時も忘れることができない。それがストレスとなって身体をむしばんでいる。

この状況で催促という行為が発生する。世の中には催促をメシのタネにしている人がいる。編集者である。借金の取り立て屋とやることは同じである。

約束の日を過ぎると、編集者から電話がかかってくる。携帯がなかったころ、ある同僚は催促の電話を恐れて、押入れの布団の中に電話機を押し込んでいた。電話線を切断するか、耳栓をする知恵がなかったのだ。

わたしは違う。コソコソ逃げ回るようなことは一度もしたことがない。編集者からの電話なら、愉快な内容である可能性はほぼない。原稿の催促に決まっているが、わたしは電話には堂々と出て対応する。

「おかけになった電話番号は現在使われておりません」と裏声で応じるか、「はい土屋です。えっ、編集のかたですか？　わたしは土屋の秘書をしております上野広小路狭之丞と申します。ただいま土屋は留守にしております。ご用件をおっしゃっていただければ必ずお伝えします」と応じる。不思議なことに、決まってわたしの声だと見抜かれる。わたしはいよいよ嘘をつけないタイプなのだ。

原稿の進み具合を問われれば、「着々と順調に時間がたっています」と答えるか、

「昨夜やっと書き上げて、今朝ポストに投函しました。間もなく届くはずです」と答える。嘘がつけないタイプだから、いずれも真実だ。「時間が順調にたっている」は明白な事実だ。時間が順調でなかったら、いかなるものも順調ではありえない。一メートル原器が一メートルであるのと同じく、時間が順調に経過していることは疑えない。

投函したのも嘘ではない。うどんをもらった礼状を投函したのは紛れもない事実だ。次ももらおうと思うから、ハガキ一枚の礼状に原稿用紙十枚分の精魂を込めている。どこまでも律儀に礼儀を尽くすタイプなのだ。

別のときは「先日ガン検診がありましてね。ちょうど痛みがあったのでレントゲンを撮ってもらったら、早急に治療が必要だと言われて、いま病院通いなんです」と答えた。ガン検診を受けたのも、虫歯で歯医者に通っているのも事実だ。

その場を納得してもらうためにも、これだけ律儀に対応するから、電話の後はホッとして約束を果たした気持ちになってしまう。

このままでは「約束を守らない不誠実な男」として人生を終わってしまう。律儀だから、それが心配で夜も眠れない。

無駄な一日

失敗した。

朝食の後、眠気に襲われ、ベッドに倒れ込むようにして倒れ込んだ。しばらくして目を覚ますと、十二時だ。ハッとして気づいた。すっかり忘れていたが、人と会う約束がある。よかった！ 二時の約束だから、まだ間に合う。ギリギリで思い出して失敗を回避した。失敗していたらわたしの本領を発揮したところだった。

亡くなった親友の奥さんと会う約束だ。奥さんとはメールのやりとりをしただけだが、親友がわたしのことをホメていたはずだ（ホメるところしかないから）。期待に応えるよう、紳士らしく身なりを整える。ジーパンにジャンパーだ。この服装は人によっては不良老人に見えるが、わたしの風貌だと、貴族がカジュアルに装っているように見える。タキシードか紋付き袴かセーラー服を着たら、相手が萎縮してしまう。だからそういう衣服を持っていないのだ。

一分の隙もない服装で妻とともに颯爽とホテルに着くと時間前だ。まだ相手は来ていない。

約束の時間になっても現れない。わたし以外に、約束を忘れる人がいるとは考えにくい。メールの連絡だけなので、もしかしたら呼び出し詐欺だったのかもしれないが、わたしを呼び出して、どうやって利益にするのか想像しにくい。

十数分で原因をつきとめた。わたしにしては異常に早い。約束したメールを見直して、わたしが一カ月早く着いたことが判明したのだ。たまたま日付と曜日が一カ月違いで合致していたため、勘違いしたのだ。

曜日のシステムが原因だとつきとめると、すぐに気分を転換する。失敗も多いが、立ち直るのも早い。滅多に訪れないホテルの店だから存分に味わおうと思ってコーヒーを注文する。妻はケーキを注文した。ケーキまで味わう必要があるのかと思ったが、それを咎《とが》めたら、最低の男だと声高に非難されていただろう。それだけは避けたい。

コーヒーを飲み終わり、おかわりが無料かどうか確かめたかったが、紳士である以上「無料ですか」とあからさまに聞くのははばかられる。それに、有料だと答えられたら、紳士である以上「有料なら結構です」と断りにくい。

運を天にまかせておかわりを頼む。それに乗じて、妻は別のケーキを注文した。おかわりが無料かどうかの心配に、「そんなにケーキを食べて大丈夫なのか？」と財布の心配が加わる。さらに財布を忘れていないか心配になる。

支払いの金がなければ、妻を人質に置いて金を取りに帰るしかない。その場合、わたしはそのままホテルに戻らないという魅力的な選択肢が生じる。わたしが姿をくらますと、妻は皿洗いかトイレ掃除をさせられるだろう。その間にわたしが引っ越しする一方、妻は掃除に生きがいを見出し、人生の終わり近くになってやっと天職に出会えたことを知り、八方めでたしめでたしになるような気もするが、妻が金を取りに帰り、わたしが掃除に生きがいを感じるようになるかもしれない。いつまでも店にいると妻がまたケーキを食べる恐れがある。妻を促《うなが》し、無事に支払いを済ませて店を出た。

一日が無駄になり、完璧な服装も無駄になった（帰宅して気づいたが、ズボンのチャックが全開になっていたから完全な無駄ではなかった）。人間は無駄を嫌い、ほぼ予定した通りに行動する。一見すると無駄が生じる余地はなさそうに思えるが、勘違い一つで簡単に無駄は生じるのだ。

だが逆に、無駄でない日が一日でもあったのか。無駄とは何かなどを考察していくと、さらに無駄な時間が増える。もう夕方だ。せめて一日の最後は有意義に過ごそうと、昼寝した。

自動車の憂うべき未来

リモートで仕事をした。自動運転について専門家に教えてもらうという企画だ。

リモートとナマでは大きく違う。接続されると、企業の一室が映る。

相手の画像がカクカクする。念のために聞いた。

「わざとカクカク動いているんですか？」

そう聞くと、笑ってごまかされた。

音声も途切れ途切れだ。念のために聞いた。

「わざとそういうしゃべり方をしているんですか？」

笑ってごまかされた。

画面全体がぼやけている。自分の姿が鮮明に映ると見るに堪えないと自覚しているのかもしれない。念のために聞いた。

「わざとぼやけた姿になっているんですか？」

笑ってごまかされた。

ゴマカしきれないと思ったのか、しばらくすると、改善された。たぶん高価な回線に切り替えたのだろう。

専門家の話では、クルマの自動化には段階があり、間もなく日本のメーカーが、一定条件下ではハンドルを握らなくてもいい車を発売するという。「一定条件下」といっても、止まっている状態とか、サハラ砂漠の真ん中とかではない。高速道路上で渋滞時の走行といった条件だ。

今後、さらに高度な自動運転が可能になれば、人間はハンドルをもつことなく、スマホやテレビを見ながら目的地に連れて行ってもらえるようになり、しまいには人間が乗る必要すらなくなるかもしれない。

だがこの方向に車が進化することには危惧を覚える。

大きい物体を操って高速で移動したがるのは、本能的なものだ。人類はイヤがる動物をつかまえ乗ってきた。牛、象、ロバ、馬、羊、猿、鳥、犬、亥など。

自動車メーカーは、運転の欲望をかきたて、かなえてきた。だが、最近は自動運転を推進しつつある。問題は自動運転車が売れるかということだ。運転好きな人が、ただハンドルの前に座っているだけのために車を買うだろうか。自動運転の車を運転するのは、電車に乗るのと同じことになる。

将棋ソフトの指示通りに駒を動かすだけのために将棋セットを買うだろうか。居間でテレビを見ている間に風呂を沸かして代わりに入浴してくれる全自動入浴ロボットを買うだろうか。パチンコ台の前で漫画を読んでいれば、勝手に玉を打ち、自動で負けてくれるパチンコ台で遊ぶだろうか。

自動運転車には一定の需要はあるかもしれないが、自動運転を開発するメーカーは自分の首を絞めているように思える。

そうでなくても、日本の自動車産業は危機に直面している。日本のメーカーはガソリンを爆発させて車を動かすという、常識では考えられないような高度な技術を確立してきた。それが電気でモーターを回すという凡庸なメカニズムに取って代わられようとしている。ガソリン車がなくなるのは惜しい。地球が寒冷化の周期に入るか、それが望めないなら、空気中の二酸化炭素を除去する技術が開発されることを願うしかない。

自動運転にすれば交通事故が減ることはたしかだ。事故要因を排除していくと、人間の介入を排除することになる。事故の最大要因は人間だからだ。

だが、事故を減らすには、自動運転に頼る必要はない。すでに衝突を避ける仕組みはできている。これに加えて、信号や標識を無視すると自動的に最寄りの高い駐車場に移動して一時間は動かないとか、薬物やアルコール、反射神経や血糖値をチェックし、合格しないと動かないとか、ちょっとでも危険運転やあおり運転をすると否応なく人里離れた所に連れて行き、十時間ほどドアを閉め切ったままテコでも動かなくなるなどの自動車を開発すれば、事故は減るはずだ。

全自動で食べてくれるロボット

不都合な自然

足の小指をぶつけた。生まれて三十回目ぐらいだ。涙ぐみながら思った。なぜ足の指は鋼鉄で出来ていないのか。小指の先の部分だけでも鋼鉄にできなかったのだろうか。

無理な注文ではない。人体の仕組みは巧妙だ。危険をいち早く察知するために目や耳があり、逃げるために足がある。目を保護するためにまぶたとまつ毛があり……といった事実を見ると、足の小指を強化してあってもおかしくない。

自然には不都合な点があるのもたしかである。爪は痒いところを掻くために必要だが、背中には爪が届かないエリアがある。目を保護するはずのまつ毛が目に入ることがある。危険をいち早く察知するための目も、毒キノコや青酸カリや女の危険性は見ただけでは分からず、妻の顔を見ただけでは五秒後にキレることは分からない。タバコや酒の危険性は何十年もたってからでないと分からない。結婚の危険性は結婚後数年以内に気づくのが普通だが、数十年後、自分が殺されかけて初めて危険に気づくことがある。中には気づかないまま殺される人もいる。

耳も危険を回避するための器官だが、暴走族の騒音や妻の小言をシャットアウトするフタがない。聞くのが苦痛であっても、小言を言われている最中に耳栓をすると危険を招いてしまう。耳があるばっかりに、風呂上がりにくつろいでいるところに「ちょっとそこに座りなさい」という妻の声で、心臓マヒを起こしたり、驚いた拍子にモチを喉に詰まらせる危険もある。

自然は本当に気が利いているのだろうか。

二十年前、昔やっていた鉄棒の蹴上がりをしようとして愕然とした。洗濯物のようにぶら下がったまま、微動だにできなかったのだ。原因は、①筋力が衰えた②体重が増えた③重力が増加した④着ている服もしくはポケットの財布が重すぎる⑤二、三人分の霊が足にしがみついている⑥だれかが呪いをかけている⑦昔は二、三人分の霊が押し上げてくれていたなどだ。

筋力の衰え方は急速だ。筋力をちょっと使わないでいると、自然は「いらないの？　了解！」と問答無用でバッサリ切り捨てる。その判断があまりにも速い。一年程度使わなくても衰えないようにできないのか。

年をとると筋力などが奪われるが、衰え方が激しすぎる。ここまでヨボヨボにする必要があるのか。どうしても死ななくてはならないのなら「パッと散る」でいいはずだ。徐々に衰える必然性がどこにある。三分あれば急死するには十分だ。死ぬ三分前まで元気でいる仕組みにしてほしかった。

脂肪こそ、使っていないのだから、さっさと除去すればよさそうなものだ。飢餓に備えて脂肪を蓄えているにしても、こんなに大量の脂肪を死ぬまでに使い切れるのか。どうしても貯める必要があるなら、脂肪の貯めすぎで成人病になるのはやめにしてもらいたい。

「食べるのが悪い」と言われるだろうが、一定程度食べると食欲がなくなるという仕組みにできたはずだ（現に一度に百キロも食べられない）。

そうはしないで、体重の抑制を人間の意志にまかせたのは愚策だった。意志にまかせるより、食欲を調整すべきだった。意志にまかせるなら意志の力を百倍にすべきだった（わたしは「意志の力で成し遂げるところに人間の誇りがある」と喝破《かっぱ》してきたが、それは強がりだ。わたしが「税金を納めるのが趣味だ」と言っているのと同じだ）。

こんな自然の方針に従うのはくやしいが、貧弱な意志の力を奮い起こしてダイエットするしかない。こう思って、ダイエット中に訪れる飢餓感に備え、いま食い溜めしているところだ。

老夫婦がしゃべらない理由

一日ごとに春になる。桜の芽がふくらみ、花開くのを見ると自然の驚異を感じる。わたしの身も一日ごとに老化が進み、花開くかわりに枯れて行くが、実感するのは自然の驚異ではなく、自然の脅威だ。

歳とともに多くが変化するが、とくに顕著なのは口数の減少である。先日、教え子と電話で話していて質問されたのもそれだった。

「電車の中でもレストランでも、老夫婦がしゃべっているのを見たことがありません。旅行中や外食中でも老夫婦は一言もしゃべらないんです。表情も暗くて、まるでお通夜です。これなら、一人がコロナに感染しても、『濃厚接触者』のもう一人は、毎日向かい合わせで食べていてもコロナに感染しないでしょう。なぜしゃべらないんですか？」

「新型コロナ対策じゃないかな」

「新型コロナの出現よりずっと前からです」

「高齢者は用心深いんだ」

「コロナが流行するかどうか分からないうちから用心するって、もしかしてバカなんですか？」

「むしろ逆だ。知恵がついたんじゃないかな。賢者が騒ぎ回るか？　知恵がついてくると物静かになる」

「元気がなくなっても静かになります。知恵がついたにしては先生の言動は相変わらず幼稚なままですし」

「子どもの心を失っていないんだ。老夫婦がしゃべらないもう一つの理由は、何も言わなくても心が通じるからじゃないかな。以心伝心、ことばは不要なんだ。犬と飼い主のように」

「何も言わなくてもお互いの気持ちが分かるようになるんですか？」

「逆だ。一緒にいればいるほど分からなくなる。ただはっきり分かることもある。自分をよく思っていないとか一人になりたいとか死ぬまで黙ってろとか」

「それなら以心伝心じゃないですよ。家の中でも静かなんですか？」

「もちろんだ。昔、わたしが質問したときの教室の中みたいだ。君らが何と答えてもわたしが反論するから、君らは最後は何も言えず、下を向く。答えるたびに反論され続けると自信を失い、ふつうは謙虚になるものだ。だが君らは謙虚になった形跡がない。よっぽど鈍感なのか、メンタルが強いのか、鈍感なのか、鈍感なのか、四つに三つだ」

「先生も質問に答えられないことがありました」

「わたしはちゃんと答えていたはずだ。『時間がないので、答えるのは次回にします』と。人類は二千年以上答えを模索してきたんだ。一週間ぐらい一瞬だ」

「間違った答えなら一瞬でも長すぎます」

「大哲学者でも、長い熟考の末に間違った答えを出している。間違いが怖くて哲学ができるか。とにかく反論され続けたら何も言えなくなるのは事実だ」

「それが夫婦の間でもあるんですか？」

「そうだ。口を開くたびに否定され、怒りを買っていると、何も言えなくなる」

「怒りを買うような行動をしなきゃいいんです」

「違う。無実なんだ。家の中で食事をした後、何気なく『そろそろ帰らなきゃ』と言っただけで怒りを買う。名前を間違えて呼んだだけでも怒られる」

「当たり前です」

「不注意な一言が修羅場を招くから一瞬も気を抜けない。無難に『今日は暑いね』と言っても、『暑くない』と否定されると、議論の末に修羅場が待っているから、天気の話題も避けるようになる。沈黙の下には緊張が張りつめているんだ。優雅に見えても水面下で足を激しく動かしている白鳥と同じだ。老夫婦が寡黙な理由は、コロナを用心しつつ、知恵がつき、心が通じ合い、失言を警戒するからだ。奥深いだろう?」

「説得力がないか、信用できないか二つに二つです」

人工知能によるお見合い

最近、人工知能によるお見合いが自治体で企画されているという。好みとは思わなかった相手を紹介されても、成婚率は高いらしい。

人工知能が判定しているのは、結婚直後の相性なのか、数十年続く夫婦の相性なのだろうか。この二つには大きい違いがある。

結婚直後ならどんな違いも受け入れられるし、たいていの欠点は許せる。だが、すぐに『朝食を準備する音がうるさい』と妻が文句を言うようになったら、蜜月も終わりだ」と言われるときが来る。その後の数十年が問題だ。

かりに一方が家にいたがるタイプで、他方が外出好きだったら、人工知能はどう判定するのだろうか。この違いは、結婚直後なら不都合でも、十年もたてば利点になる。実際、新型コロナで夫の在宅時間が増えたために離婚したくなった、定年後は夫がずっと家にいることが我慢できなくて離婚したい、という妻が多い。それを考えると、夫婦の接触時間はできるだけ短い方がいい。活動時間も朝型と夜型に分かれている方がいい。

趣味も完全に違う方がいい。音楽など、好みが一致することはない。二人がジャズ好きでも、特定のミュージシャンのどの演奏のどの部分が好きかということまで一致しないと争いの元になる。それぐらいなら完全に違う方が許し合える。共通の趣味がゲームで、二人とも同じゲームにハマっているなら、喧嘩の宣戦布告をしているに等しい。また、一方がギャンブル好き、他方が貯蓄指向なら好都合だ。どちらか一方が貯蓄型でないと破産する恐れがある。

一方が話好き、他方が寡黙なら、話好きの方がよその人と話をすれば何の問題もない。一方が肉好き、他方が野菜好きなら、すき焼きなど、肉と野菜をそれぞれ二人分食べられる。

総じて違いがある方がいいが、違いがあればうまくいくわけではない。わたしの結婚はこれらを満たしているのにうまくいかない。うまくいくには推定二百五十八の条件を満たす必要がある。

かりに神が婚活中の男に「その女はやめとけ」と言ったら、どうするだろうか。神の指示に従ったところ、女は別の男と結婚して幸せな生活を送り、男はその後、いい相手が見つからず、孤独な老後を送る結果になったとしよう。男が質問すると神はこう答えるだろう。

「第一に、お前と結婚すると相手が不幸になる。第二に、孤独な老後の方が結婚するより幸福だからだ」

「じゃあなぜ結婚するようになっているんですか?」

「理想的な女と結婚して、暖衣飽食、何不自由ない生活を送るのと、悪い女と結婚して、なぜ嚙み合わないのか考え、新たな人間観を獲得するのと、どちらが好ましいか。快適な生活がいいとはかぎらない。そのために結婚を与えたのだ。念を入れて簡単に別れないよう誓わせている」

わたしは人工知能だろうと神のお告げだろうと、女性との相性を判定してほしくない。万一教えられたら、無理をしてでも、それに逆らうつもりだ。相性が悪くても、相手の言いなりになれば何とかなる。食べる物だって、科学的知見も医者の指示も無視しているのだ。好みぐらい好き勝手に決めないと、自由が失われ、ロボットになってしまう。

好き勝手に選べば十中八、九失敗する。だがそれこそ自由の証なのだ。失敗によってしか自分の自由を確認できないのは残念だが、ロボットになるよりマシだ。

ピアノも文章も拙劣、センスの悪い服装で、結婚生活に難渋する現状は、全体として失敗だが、ロボットがこんなに失敗するはずがない。自我流を通した証拠だ。誇らしい気持ちだ。

それが負け惜しみにしか聞こえないのが残念でならない。

通の章

笑い事なのか笑い事じゃないのか

人の容姿を笑い物にしてはならない。最近、ようやく、こういうきわめて当然の世論が沸き起こった。

だが笑いは複雑だ。笑ってはいけない場合と笑っていい場合は、ふつうの人ならだれでも判断に困らないが、どうやって判断しているのだろうか。次のジョークを考えてみよう。

ジョンは、入院中の友人ハリスのお見舞いに行った。

「具合はどうだ？」

「う…ぐ…」

体中をチューブでつながれたハリスは、満足にしゃべることもできなかった。

「気の毒になぁ……息子さんに伝えたいことがあったら、この紙に書いてくれ。俺がちゃんと渡すから」

「ぐっ！！！」

「どうしたっ！　ハリス！　どうしたっ！」

ハリスは急いで走り書きしたかと思うと、急にぐったりし、そのまま帰らぬ人となってしまった。

お通夜の日、ジョンはハリスの息子に言った。

「息子のあんたに伝言はないかって聞いたら、ハリスは死ぬ一分前にこれを残した。よっぽどあんたに伝えたかったらしい」

「僕への伝言ですか……」

その紙にはこう書いてあった。

『酸素チューブから足をどけろ』

もしチューブを踏まれて死んだのが自分の知り合いだったら笑うどころか激怒するだろう。被害者が知らない国の知らない人でも、実際に起きた事件なら、大問題になり、病院の管理体制への批判、チューブを踏んだ人の責任問題などが真剣に議論され、笑い事ではすまないだろう。

ではなぜこのジョークが笑えるのか。一般にジョークは、架空のことだと了解ずみだからだ。これは、映画では殺人が楽しめても、実生活では許されないのと同じである。

もちろん、現実と虚構の境目がはっきりしない場合もある。歴史上の事件だと思っていたら創作だったとか、小説だと思っていたら実話だったなど（昔、映画『アラビアのロレンス』をフィクションだと思って見たため、なぜ評判がいいのか不可解でならなかった）。

だが、現実と虚構をどんなに勘違いしても、自分が現実の話として受け取っているかどうかは本人にははっきり分かる。次のジョークを考えてみるといい。

「夫が馬だと思い込み、厩舎に住み、四つ足で歩き、干し草を食べてるんです」
「治せますが、時間と金がかかりますよ」
「お金は問題ありません。夫はすでに二レース勝ってますから」

この話を現実の出来事だと思って聞く人は笑えないだろうが、フィクションだと思って聞けば笑うことができる。

ややこしいことに、現実の出来事と分かった上で笑える場合がある。葬式で子どもが騒ぐのを親戚のおじさんが「うるさいっ、坊主！」と叱ったら、お坊さんの読経の声が一瞬止まった場合などだ。これは現実の事例なのに笑っても不謹慎だとは言えない場合だ。これはおそらく笑ってもだれも傷つかないからだ。

人の容姿を笑い物にしてはいけないが、その一方で、笑いが本領を発揮するのは不幸に直面したときだ。人の幸福は笑えないが、不幸や欠点は笑えるのだ。気取ったエライ人が無様に転ぶと骨折などの実害がないかぎり笑う。葬式や受験の失敗など、不幸な場合をコント仕立てにして笑う。

わたしも自分のことを欠点だらけで、不幸のかたまりであるかのように書いている。かりにわたしが完全無欠の幸福な人間だとしたら笑えるだろうか。教え子に聞くと、こう答えた。

「えっ、いまでもご自分を美化して書いてらっしゃいますよね。こんどはホラ吹きツチヤになるんですか？　いままで以上に笑えますよ」

知らなきゃよかった

スーパーで買った惣菜を皿に移し替えるべきだと妻に文句を言う男がいるが、パックのままで何か問題でもあるのか。妻に要求する危険性を考えれば、何でも我慢できるはずだ。

先日、妻が夕食を用意していた。コロッケとメンチカツとポテトサラダだ。すべてみずからの手と足を使ってスーパーで買った物だ。それをキッチンで皿に移し替えている。

何も言わなくても、自発的に皿に移し替えているのだ。わたしはテレビを見ている。めったに訪れない平和なひとときだ。満ち足りた気分を存分に味わう。

目の端に妻が皿に移し替えようとしてコロッケを床に落としたのが見えた。満ち足りた気分は吹っ飛び、わたしはテレビを見ているふりをして、固唾を呑んで目の端で注視した。コロッケだから洗うわけにはいかない。落としたことをわたしに伝えるだろうか。それとも黙って皿に載せるだろうか。最大の問題は落としたコロッケの皿をわたしに出すかどうかだ。

妻の本心がまもなく分かる。妻の本心は、ふだんはっきり知らないまま、都合よく想像しているが、それは勝手な幻想の可能性が大きい。お願いだから、ここで良心があるところを見せてくれ。そう祈った。固唾を呑んで目の端から見ていると、切なる願いもむなしく、妻は鼻歌まじりにコロッケを拾って皿に戻し、何事もなかったように、その皿をわたしの前に置いた。

ショックだった。妻の本心を知って驚かなかったことに驚いたのだ。うすうす恐れていた通りだった。だがわたしも男だ。このますませるわけにはいかない。清水の舞台から飛び降りる気で言った。

「皿を交換してくれない？」

わたしならこの一言に動揺するところだが、妻はさすがに百戦錬磨だ。顔色一つ変えず、言った。

「どうして？」

「今日はポテトサラダ、あまりほしくないんだ。そっちの皿の方が少ないから」

「野菜も食べなきゃダメよ。あなたの身体を思って多くしてるんだから」

わたしの身体を思うなら落ちた物を食べさせるな。

「でもなぜか今日はほしくないんだ」

「仕方がないわね。じゃあ少し取ってあげる」

こう言うとポテトサラダを四分の一ほど取り、自分の皿に移した。ポテトサラダだけ移す手があったのか。

「それから悪いんだけど、醤油をかけたいから取ってきてくれない？　膝が痛くて取りに行けないんだ」

「えっ、あなたはいつもソースでしょう？」

「今日はなぜか醤油で食べたいんだ。熱っぽいし、きっと体調が悪いんだ」

「分かった。取ってくる」

妻も鬼畜ではない。妻が席を立った隙に、ドキドキしながら震える手で二人のコロッケを入れ替えた。

妻は醤油を取って来ると、二人の皿を見比べた。コロッケの位置が微妙にズレている。気づいたかもしれないが、表情からは何もうかがえない。恐怖に襲われたが、妻は何も言わない。

その後の食事中、心中穏やかではなかった。ポテトサラダが少なすぎたし、醤油よりソースの方がずっとおいしいことが分かった以外、表面上は波乱なく食事は終わった。その間、妻は疑念をおくびにも出さなかった。

妻がこの原稿を読めばバレるだろうが、妻も放射性物質ではないから、一週間もすれば怒りも半減するだろう。それに何と言っても落ち度は妻自身にある。

この事件で確認できた。①スーパーの惣菜は皿に移し替えない方がいい。②配偶者の本心は、はっきり知るべきではない。③床に落ちた物はわたしが食べるべきだった。妻がどう出るか、不安でならないのだ。

コロッケ入れ替え事件

【前回の大意】妻が床に落としたコロッケをわたしの皿に載せて出した。が、一発大逆転、隙を見てこっそりコロッケを入れ替えた。「一寸の虫にも五分の魂、わたしにもプライドがある。なされるがままだと思ったら大間違いだからな！」と心の中でタンカを切った。

これまでわたしは、やられたらやり返してきた。小遣いが削られれば妻の財布から抜き、やり込められると「調子に乗るな、バカヤロー！」と怒鳴った。枕に口を押しつけて。

コロッケを入れ替えたことに妻が気づいた可能性は十分にある。真相不明のまま、経過を本欄に書いたが、それを妻が読むのは確実だ。

それならなぜ危険を冒すのかと思うだろうが、締切に追い詰められると、恥をかいても、危険に身をさらしても、後は野となれ山となれの心境で何でも書いてしまう。拷問にはすぐ白状するタイプなのだ。目先の締切を逃れるために別の問題を作り、その問題をかわすためにさらに新しい問題を作ってしまう。わたしの人生はその繰り返しだ。

それ以来、不安な日々が続いた。少しでも不安を和らげるために想定問答を考えた。ある問答パターンでは、妻がこう言う。

「なぜ入れ替えたのよ」

「お前が落としたコロッケをオレに食べさせようとしたから、身を守るためだ。自衛権を行使しただけだ」

「自分を守る？　夫は妻を守るものでしょう？」

「でも夫を犠牲にするような女を守るべきなのか」

「だからといってわたしを犠牲にしていいの？　どちらかが犠牲になるのよ。それなら夫が犠牲になるのが当然でしょう。それが大黒柱の務めじゃないの？　みずからが犠牲にならなきゃ、何のための大黒柱なのよ」

「大黒柱が倒れたら家が倒壊する。それでもかまわないのか」

「バカなの？　絶対に倒れないのが大黒柱じゃないの。たとえ死んでも倒れない。弁慶みたいに」

「オレは弁慶じゃない。繊細だから、どっちかというと牛若丸タイプだ。お前の方が弁慶タイプだ。弁慶じゃなければ橋だ」

「橋とは何よ、橋とは」

「みずから踏み台になって人々を通す建造物だ」

「建造物って何よっ！」

どう考えても、最終的には平謝りするしかないが、念のため「建造物」の意味を辞書で調べた。他に考えた三つのパターンも似たり寄ったりの結果だ。

戦々恐々とした時間が過ぎ、運命の日、コロッケ入れ替え事件を書いた『週刊文春』が送られてきた。それを妻が読んでいることを目の端で確認した（このところ、妻を目の端で見る習慣がついている。まともに顔を見ることができなくなってから数十年たつ）。

不安に押しつぶされそうになりながら、心の中で平謝りの準備をする。もともとの非は妻にあるのに、なぜ結果がわたしの平謝りになるのか不可解だが、原因を考える余裕はない。

だが、平謝りの準備も想定問答も無駄だった。妻の反応は、完全に想定外だった。そして何よりもダメージの大きいものだった。

妻は読んだにもかかわらず、無反応だった。顔色一つ変えず、一言も発しない。わたしはかすかな物音も立てずに新聞を読むふりをするしかない。少しでも身動きしたり物音を立てたら、雷が落ちそうな気がする。いま雷が落ちたら、わたしは心臓麻痺で死ぬだろう。

いたたまれなくなり、静かに新聞を置くと、トイレに入った。「落ちた物を二度と妻に食べさせません」と神に誓ってトイレを出ると、妻は無言で『文春』のグラビアを見ていた。怒りも諦念も赦しも見せない。

それから数日たつ。何事も起きない。夢にも思わなかった。何事もない日々がこれほど恐ろしいとは。

おっさんの自慢話

おっさんが嫌われているが、その理由は、「体臭、口臭がきつい」「アブラその他を分泌している」を除くと、一位が自慢話、二位がダジャレという結果になっている（筆者調べ）。

自慢話といっても、現在の自分に自慢できる点は皆無だから、過去の自分の自慢話になる。過去の話は、若者が知らないことばかりだから、①自分の方が知っているところを見せつけて、②多少の誇張が入っていても、また場合によっては完全な創作でも、調べようがない、という利点がある。

なぜ自慢するのか。答えは簡単だ。自分が無視できない人間だと認めてもらいたいのだ。そう言うと「無視できたらどんなにいいことか。邪魔で仕方がないんだから」と言われるだろうが、要は敬意をもってほしい一心で自慢話をするのだ（なお自分が他人に敬意をもつことはない）。

ちなみに、老人ホームで自慢話を聞いたことはない。ほとんどの人は質問されないかぎり過去のことは語らないし、自慢もしない。話題は情報の交換などだ。過去の話になっても、昨日の昼食が何だったか、雨が降ったのは昨日だったかどうかなど、直近の過去だ。自慢話をするのは若者を相手にするときだ。

若者に敬意をもってもらうためには、自慢話は逆効果である。まわりの若者からは「若いころ女にモテたとか、ケンカに負けたことがないと自慢しているが、それがどうした、と言いたいよ。だいたいウソに決まっているし。あのオッサンの奥さんを見たか？　モテモテだったのなら、どうしてあんな女と結婚したんだ？　しかも奥さんに逆らえないんだ。ケンカが強いはずなのに」と陰口を叩かれ、ついにはおっさんの言うことにはだれも耳を貸さなくなる。

問題が起きて打開策を考えているとき、「わたしが若いころは、こうやって解決した」と経験による知識をいくら説いても、「それがどうした。昔のことがいま通用するはずがない。その証拠に、あんた自身がいまの時代に通用していないじゃないか」と片づけられてしまう。

外国へ行ったことがあれば、自慢話はさらに大胆になる。「アメリカでは人気だった。歩いているだけで色んな人に声をかけられた」と言う男が、実際には「おーい、お客さん、お金が足りないよ」「そこは車道だ」「金を出せ！」と言われただけだったり、「イギリスにいたときは金髪の女を泣かせたものだ」と豪語する男が、実際はメスのゴールデンレトリーバーに吠えられただけだったりする。

どんなにバカにされてもおっさんはへこたれない。まだ幼稚園児相手に「おじちゃんはアンパンマンと友だちなんだ」「おじちゃんは桃から生まれたんだ」「おっちゃんは鬼滅《きめつ》の刃《やいば》の禰豆子《ねずこ》のひい孫なんだ」と自慢する道がある。十歳を超えると邪念のかたまりになるが、やはり心がキレイな幼稚園児を相手にすると、心のキレイなもの同士、話が通じるのだ。だがいつかは親（最近の親は驚くほど若い）が「うちの子にヘンなことを言わないでくれ」と苦情を言い、しまいには不審者として警察に通報されることになる。

そこまで迫害されても、おっさんはあきらめない。「昔はよかった」「最近の若者はなっていない」と嘆き、時代が悪いと結論づけるのだ。悪いのは時代であり、教育であり、政治であり、スマホである。自分に問題があるという可能性は脳裡《のうり》をよぎらない。まして、まわりが思っているように自分が無価値だとは夢にも思わない。無価値ではないかという疑念を打ち消すために、懸命に自慢しているのだから。

我慢の限界

内閣支持率が低下した。どの国でも、コロナ感染が拡大すると支持率は低下する。こんなときに首相になりたがる人がいるのが不思議でならない。

緊急事態宣言を出さなければ批判され、出せば出したで「発出・解除の科学的根拠がない」「メッセージの出し方が悪い」などと批判され、「こんなやり方でお願いされても守る気が起こらない」と言われる。だが、それだけ正しく判断できるのなら、首相の意を汲《く》んで行動すればよさそうなものだ。

水際対策や病床数確保などの施策が手ぬるいという批判なら分かる。だが「緊急事態宣言の発出・解除の根拠を示せ」など無理な相談だ。コロナの感染状況がどうなるかはだれも予想できない。専門家の意見でさえマチマチだし、予想を外し続けている専門家もいる。科学的根拠も、ロクにデータがないのだから示せるはずがない（データがあっても解釈が分かれ、ヨーロッパのロックダウンの効果がなかったと言う人もいれば、あったと言う人もいる）。人類が初めて直面するウイルスなのだから手探りで進むしかない。

政府が信頼できないのが悪いと言う人もいるが、不信感を抱いている人に信頼してもらうのは至難の業だ。嘘だと思うなら、自分を信頼していない家族に信頼されてみろ。

もっとヒドいのは「我慢ばかり強いられてもう限界だ」という批判だ。もしかして首相のために我慢しているのか？　自分や社会のための我慢ではないのか？「限界」といっても、コップにこれ以上水が入らないといった意味での限界ではない。その証拠に、妻は「もう限界！　これ以上はご飯一粒も入らない」と言った直後に大福を食べている。また「一日中歩きづめで、もう限界だ。これ以上一歩も歩けない」と言う人が、「地震だ！」の一言で一目散に逃げるのだ。

こういう「限界だ」は、ウィトゲンシュタイン的に言えば、ゴムひも製の物差しで「一メートルだ」と判断するに等しい。

だいたい「我慢の限界」かどうかは、相手によって大きく変化する。新型コロナで「もう限界だ」と叫ぶ人も、致死率七十パーセントの感染症なら、十年でも二十年でも外出を我慢するだろう。核爆弾が投下されたら、一生でもシェルターの中にいるだろう。

電車の中で赤ん坊が泣くのに腹を立て「うるさい！　何とかしろ！」と怒鳴る男も、見るからに怖そうな男が赤ん坊の泣き声より大きい声で口喧嘩していたら、同じように「うるさい！」と怒鳴るだろうか。

歩いていて肩が触れたら「落とし前をつけろ」とすごむ男も、相手が暴力団の組長だったら、平身低頭して謝るだろう。

人間は相手を見て怒るか我慢するかを決めるのだ（たぶん動物もそうだ。相手を見て食べるか食べられるかまで判断している）。わたしの妻は短気で場所を選ばずケンカをするくせに、相手がイケメンなら、どんな対応をされても笑顔を向けている。

「我慢の限界だ」がもっともらしく響くのは、水がコップギリギリまで入った状態を思い浮かべるからだ。だがそれは「限界」の二義を混同する誤りだ。

ちょうど、記憶は「頭の中の倉庫」に入っていると考えるのに似ている。頭を開いて探しても、倉庫のようなものは見つからない。「倉庫に入っている」とは、たんに「記憶している」ということにすぎない。「倉庫に荷物が入っている」と言われる場合とは意味が異なるのだ。

首相になると、こんなインチキな論法で攻撃されるのだ。万一のために国内外に宣言しておきたい。首相になってくれと頼まれても引き受けるつもりはない。

いい気味だ

何事にもタイミングというものがある。

結婚相手と一番良好な関係を保てるのは、二人が知り合う前だ。楽器の習得に一番熱意が高まるのは、楽器を買うときだ。禁煙の意欲が最も高まるのは健康診断を受けた直後だ。

学習意欲が一番高まるのは、入学前と卒業直後だ。次のピークは、子どもができたときだ。われわれはこどものころは教育されるのを嫌うが、大人になると教育熱心になる。自分の人生がうまくいかないのは勉強不足のせいだと思うからだ。何と言っても、自分が勉強するよりは子どもを叱って勉強させる方がラクなのだ。

叱って学ばせるにはタイミングがある。大人になってからは何を言っても学ばせることはできない。ウソだと思うなら、幼稚園に行き、園児に混じって「手を上げて」「手を開いて」「閉じて」など言われた通りにしてみてもらいたい。そうすれば、不審者として通報されるだろう。

子どものころだって、わたしは心から反省したおぼえはなく、どこが悪いのか、なぜ叱られるのかを考えたことは一度もない。たんに叱られるのを避けるように行動を変えただけだ。

だが無理解にも、大人に対して叱って矯正しようとする者がいる。女だ。

先日妻から要求をつきつけられた。それも一つや二つではない。一万や二万でもないが、三つ四つではない。一部を挙げると、①段ボールを片づけろ（本やCDが入った段ボールが何箱も引っ越してきた時のままだ）、②テレビを見るときのダラけすぎる姿が不愉快だ、③食べカスを床にこぼす、④床の掃除の仕方が雑すぎる、⑤味付けが悪い。わたしが作る焼きそばの味は濃すぎ、野菜炒めの味付けは薄すぎる、⑥引っ越し後、ゴキブリが出たことはないが、今後出たら殺せ（いままでわたしはスリッパを渡す係だった）、⑦朝起きたとき「おはよう」と言う声が瀕死の病人みたいに弱すぎる、⑧妻のことを文春に書くときはホメちぎれ、などだ。

わたしは反論した。

「鉄は熱いうちに叩け。わたしがいつまでも熱いと思ったら大間違いだ。叩くには七十年遅すぎる」

だが反論が返って来た。

「いまでも叩けるわよ。疑うなら叩こうか？　教育は遅すぎるということはない。鉄じゃないいんだから」

わたしは反省の色を浮かべ、潔く引き下がった。反省の色を浮かべるのは、子どものころからの長い学習で学んだから、お手のものだ。だが心の中では一歩も引き下がらなかった。

この歳になって注文をつけられても、直せるわけがない。反省したと思っているかもしれないが、反省したふりなのだ。直せと言うなら小学校入学前に言ってくれ。どうせ反省したふりをするだけだが。第一、お前の勝手な注文を全部覚えていられると思ったら大間違いだ。お前だって明日になればどうせ忘れている。

言っとくが、わたしをナメるなよ。テレビで知ったが、自律神経の働きが二十代の四分の一以下になっていて、野生動物なら生きていけない年齢なのだ。見たか！平均寿命まであと六、七年だ。ナメたら許さんぞ。たしかにお前もそれに近いが、コンクリートとベニヤぐらい元の作りが違う。俺がいかにモロいかを知って驚くなよ。

もう一つ言っておく。女はみんな、男を選ぶとき厳しい条件をつけるが、実際に選んだ男を見ろ。ロクでもない男ばかりだ。お前だって結婚前は身のほど知らずの厳しい条件をつけていたかもしれないが、実際に選んだのは、お前の評価では「クズでロクデナシで軽薄なポンコツ」だ。大失敗だったじゃないか。いい気味だ。

「０点ばかりじゃないの！」
「親が親だからね。奇跡を期待する
なんてどんだけムシがいいの」

モテる男

　どんな男がモテるのか。女は男に何を求めるのか。以下は事実と妄想と曲解に基づく研究結果である。
★やさしさを要求する。草花からミミズに至る全生物に対してやさしければよさそうだが、女が求めるのは生物や万人にやさしい男ではなく、まして他の女にやさしい男ではない。自分にだけやさしい男だ。それで納得した。
「ははん、何でも言われる通りに奉仕する家来を求めているんだな」

だが女は自分をリードしてくれる男がいい、とも言うから混乱する。

「ははん。男にやらせて失敗したら責めるハラだ。自分は責任を問われないし」

と納得しかけたが、そもそも責任を問う勇気のある者が家にいないから、責任問題を気にするはずがない。

　さらに男のリードといっても、ゴキブリを殺すときスリッパを渡すよう命じ、電球交換のとき電球を渡すよう命じ、食事や旅行のガイドを務めるなど、ココナッツを取らされるサルと同じなのだ。

★鈍感な男は論外。男は髪型の変化に気づき、誕生日にペンダントがほしいことを察し、靴屋で見た靴をほしがっていると見抜く敏感さが必須だ。だが消費期限切れを見破り、妻が内緒で買った服を新品だと見抜き、妻のわずかな体重増に気づく敏感男は失格である。

★不正を憎む。男なら「まぁまぁここのところは水に流して」「オレの顔に免じて許してやってくれ」と穏便に収めようとするなど、正義の実現より円滑な人間関係を重視する。だが、女はなれ合いを許さない。家でもわずかな不正も許さない（何が不正かを決めるのは女だ。立法・行政・司法を一手に握っている）。芸能人の不倫にも「美人の奥さんがいるのに！」と自分が浮気されたように激怒する。

だが、女は正義を好むと思った男が、最近の「自粛警察」「マスク警察」に共感を示すと、期待に反して怒られるから要注意だ。なぜ女が怒るのか。わたしの推論はこうだ。

「男が正義やルールを振りかざすのは見苦しい。そんなものに頼らず、相手に直接立ち向かい、ルール無用の戦国時代に勝ち残る男でなくてはならない」と女は考えているのだ。

この結論に達したとき思った。「何だ、そんなことだったのか！　それならそうと言ってくれれば、最初からあきらめていたのに」

★人格者は無用。女は正義を求め、マナーを守りたがるが、人格者を嫌う。男が厳しく自分の行いを律すれば律するほど、堅物とか石部金吉と言って敬遠する。男はワルになった方がいいのか、人格者になればいいのか、戸惑うばかりだ。
実際にモテるのはワル、アウトローだ。映画でイケメン俳優が演じるのはそういう人物だ。若者の間でモテるのは不良だし、極端な話、アメリカでは連続殺人犯の死刑囚に結婚を申し込む女が何人もいるという。

懸命に徳の涵養《かんよう》に努めてきたわたしはどうすればいいのか。涵養に失敗したからよかったものの、ちゃんと涵養できていたら「何のために人格者になったと思ってるんだ」とキレていたところだ。
★小説でもドラマでも、強欲な人間は嫌われる。女も、欲にまみれた男を軽蔑し、憎む。だが現実はどうか。金銭欲、権力欲、出世欲のかたまりとなって一心不乱に努力し、富豪、権力者、重役になると、女にモテる。女がついてくるのだ。欲望を軽蔑する女の気持ちはどこに行った？　女がこういう男を好むのは、結婚して虎の威を借りたいからか？　湯水のように金を使いたいからなのか？　それなら欲望の奴隷ではないか。最低だ。そんな女にモテたがる男はもっと最低だ。
研究するたびに、混迷と絶望が深まるばかりだ。

従順のすすめ

　世界的に人権意識が高まっている。それをよそに、わたしは自分の人権を縮小することに成功し、従順一筋の道を歩んでいる。なぜそんな人生に満足できるのか疑問に思う人もいるだろう。その疑問に答え、従順になる秘訣を伝授しよう。

　重要なのは子どものころの教育だ。さいわい、日本人の子どもはほとんど、寝ろと言われれば寝、食べろと言われれば食べ、授業中座っていろと言われれば座るなど、大した理由もないのに命令に従わされてきた。

　途中、「個性を伸ばせ」と言われ、従順の道を捨てかけても、浴衣で登校したり、授業中編み物をしたりすると、「協調性がない」と注意されるから、個性を目指すのは断念する仕組みになっている。

　これだけの下地があるから、大部分の日本人は従順だ。自粛要請のさなかに外で飲み歩く者も群れになって行動しており、単独で自由気ままに行動することはない。

　教育に加えて、結婚も重要である。幸福に暮らせるかどうかを決めるのは結婚だ。だが結婚してみないと相手の本性が分からないから賭けだ。賭けではあるが、それほど重要なことなのかと問わなくてはならない。牛丼に紅ショウガをかけるかどうかと同じく、重要だと思えば重要、重要ではないと思えば重要ではない。幸福な生活をするために生まれてきたのかと自問し、幸福へのこだわりを捨てる必要がある。あとはただ摩擦を避けていれば、パチンコの玉が釘に当たっては跳ね返されるように、自分の意思とは関係なく自分の進路が決まる。これが従順な生き方だ。

自由意志を放棄するとつまらなくなると言われるだろう。だが自分で決めていないから、一瞬先も予想困難だ。そして予想困難だからスリルがある。逆に玉が何の障害物もなく上から下に落ちるだけだったら面白くも何ともない。何もかも自分の思い通りになったらつまらないと知るべきだ。

従順な生き方の根底にあるのは「相手が思い通りにならないなら、自分が相手の思い通りになればいい」という自明の原理だ。相手が思い通りにならなければ、自分が思い通りになるしかない。自他双方が自分の思い通りになることを選べば、一生を争いに費やすことになる。後述のように、どっちが思い通りになっても大差はないことを知れば、簡単に争いのない生き方が得られる。しかも相手の思い通りになれば、相手はわたしに依存するようになる。家来がいなくなった王様ほど惨めなものはないからだ。相手は、わたしが家来をやめないよう、わたしの顔色をうかがうようになる。

ここには重要な真理がある。紀元前五世紀の古代ギリシアで奴隷の身でありながら「わたしは何と自由なんだ！　何もかも思い通りだ！」と叫んだ詩人アルキクセノスをご存じだろうか。知っていると答えた人は、わたしがさっき考えついた人物をどうやって知ったのか説明してもらいたい。

従順とは何だろうか。犬は従順だとされるが、それは「お手」などの芸をするからではない。サーカスのライオンやクマも芸をするが、従順ではない。犬が従順だとされるのは、犬は芸をするにも嬉々としているからだ。「嬉々として」いるかどうかは、尻尾を振るかどうかの違いだ。尻尾を振りさえすれば従順なのだ。

さらに飼い主は、犬を毎日散歩させ、決まった時間に餌をやり、催促されればボールを投げ、体調を崩せば病院に連れて行く。飼い主の方こそ犬の思い通りになっているのではなかろうか。どちらが従順なのか、実態は定かではないのである。

妻よ。これで少しは従順になる気になってくれただろうか。

ワクチン接種を受けた

　ワクチンの一回目接種を受けた。わたしが入居している老人ホームで集団接種が行われたのだ。十年以上練習したのではないかと思うほど、接種は迅速かつ整然と実施された。

　夕食時、入居者の九十過ぎの女性が「注射の箇所が痛い」と言うと、「免疫力が高いのね。若い証拠よ。うらやましい」との声が上がった。ここでは副反応が出る方がうらやましがられるのだ。アナフィラキシーショックでも起こそうものならヒーローだ。

　わたしは入居者の中では若い方だ。そのため「若いからきっと副反応が出ますよ」と言われていたから、何時間も身体中を点検し、副反応を探し続けた。腕の痛みや頭痛や発熱を調べても異常はない。たぶん異常に気づく神経がイカれる副反応なのだろう。

　副反応が皆無ということはありえないように思える。わたしの理解では、ワクチンというものはウイルスの一部を体内に入れて身体を慣らすものだ。ちょうど、飲み会で浮かれた後、帰宅する直前に、常時携行している妻の写真を見て気分を引き締めるのと同じだ。ワクチンも写真も、本体と完全に無縁の物ではない以上、何らかの害を与えるはずだ（だからショックをやわらげるため、妻の写真はピンぼけのものを使っている）。

経過観察していて、気づいた。副反応には、痛み、発熱、頭痛と並んで、倦怠感がある。これだ！　原稿を書く筆が重く、なかなかはかどらない。仕事への意欲がわいてこない。筋トレもラジオ体操も滝行《たきぎょう》もする気が起きない。安静にするしかない。退屈しのぎに、ワクチンを打ったことを教え子に電話で伝えた。

「迷ってらしたのに接種したんですね。死亡時の補償金目当てですか？」

「違う。金をもらっても死んだら使えない」

「いまだって使えないんでしょう？」

「だが死んだら、使える可能性が〇・一パーセントからゼロになる。〇・一パーセントの差は大きい」

「寝たきりになるともらえる補償金目当てですか？」

「金目当てではないんだ」

「じゃあコロナに感染してのけ者になりたくないからですか？　コロナの後遺症の脱毛がイヤなんですか？」

「違う。感染すると人にうつし、入院すれば病床を圧迫する。迷惑をかけたくない一心で接種を受けた」

「接種の状況を見て重篤な副反応はなさそうだから安心なさったんですね」

「違う。副反応で死ぬかもしれないと覚悟した上で接種を受けた。自分の命は一顧だにしなかった」

「ご自分がコロナから助かりたい一心で接種したようにしか見えませんが」

「甘い！　認識が。酸っぱい！　酢は。太い！　わたしの腹が。わたしは危険を認識した上で、あえて危険を冒したんだ。わたしはみずから危険の中に身を投じる男だ。現に、身体に悪いと知りながら、運動不足で、身体に悪い物を食べている。だから見ろ、体重が着実に増えている。危険の中に生きているのだ」

「それは自己管理ができていないからです。勇気とは無関係です」

「君は自分の恩師に勇者になってほしくないのか」

「なってほしいです。地震のとき先生が一番先に逃げるところしか見ていないんです。一度ぐらい勇者の姿を見せてほしいと心から願ってるんです」

「そこまで言うなら教えよう。期限切れの食べ物はわたしが食べているし、何が入っているか分からない妻の手料理を食べている。毎日が命がけだ」

「そんなことは世の夫がみんなやっています」

「つい昨夜も、妻が隠していた羊羹を夜中に無断で食べた。一センチも」

「情けなさすぎます。失礼しますっ！」

倦怠感がさらに強まった。

自分への褒美

歳を取ると楽しみが激減する。楽しみの数は現在、百二十しかない。若いころの一割だ。だが中には五十年以上続く楽しみもある。コーヒーだ。

先日、疑念が芽生えた。もっとおいしいコーヒーの淹れ方があるのではないか。いまは主としてコーヒー豆を挽《ひ》いてドリップで淹《い》れている。豆を挽くのに使っているのは、キャンプ用のコーヒーミルだ。挽くのはかなりの力仕事だ。運動不足の毎日なのにこれでは整合性を欠く。通販のサイトを見ると、電動のミルが目に入った。家庭用では最高級の機械だ。これだ。これで劇的に味が変わる。人生も変わる。こう確信したわたしは買おうと決めた(確信というものは何の根拠もなく生まれるものだ)。

このミルは分不相応だが、自分への褒美だ。褒美にふさわしい功績を死ぬまでに上げればいい。同じくカラ手形で出した褒美が十三個あるから、功績が十四は必要だ。どうしても清算できなければ自己破産する覚悟を固めている。

だが考えているうちに、わたしは何か功績を上げないと褒美を与えないようなケチな男ではないことに気づいた。何もなくても褒美を出す度量はある。

唯一の気がかりは、褒美として買った物はどれも失敗だったことだ。だがこれも、わたしは失敗を恐れない男だということを思い出し（その証拠に失敗ばかりだ）、納得した。

「自分への褒美」という考え方に違和感があるかもしれないが、毎日のように自分を責めていれば、褒美を出すのは簡単なはずだ。古代ギリシア語には、能動態、受動態のほかに中動態（英語の再帰形に相当）があり、（自分の身体を）洗う、医者が（自分を）治療する、などを表現するのに使われる（「（自分から）盗む」という観念は不可解かもしれないが、自分の金を取り込んでいる妻の財布から盗む場合がそれに当たるだろう）。このように「自分への褒美」は文法上、立派に成り立つ。

何よりわたしは違いが分かる男だ。目隠しと耳栓をして、鼻の穴にティッシュを詰め、両手両足を縛られても、ブラジルとブタ汁の違いは分かるし、ニルギリとおにぎりの違いも判別でき、コロンビアとコロナビールとコロンビア共和国の違いも、キリマンジャロと切りまんじゅう（そんなものがあるとしてだが）の違いも、マンデリンとマンドリンとマンドリルと算数ドリルも識別できる。

好みはうるさい。いくらおいしく飲んでいても、インスタントだと知れば、その瞬間、躊躇なく、さかのぼって評価を下げている。わたしの好みは薄いコーヒーだ。

お湯で薄め、コーヒー特有の苦味、酸味、渋味が感じられなくなるまで砂糖と濃いクリームをたっぷり入れるのが好きだ。

通はブラックで飲むと言う人もいるが、ブラックで飲むのは日本人だけだという説もあり、それは半分正しくて半分間違いだという説もある。その「半分説」自体が半分正しく半分間違いだという説もあり、ブラック説は限りなく薄まる。

購入には問題点もある。このコーヒーミルは均等に挽ける。粒がそろわない方が複雑な味になってよさそうな気もするが、どっちみち味の違いは分からない。掃除のしやすさもこの機械の特徴だが、どうせ掃除しないから関係ない。味の違いも分からず、掃除もしないなら、そんな本格的な機械は不要なはずだ。さらにわたしは通ぶってコーヒーを飲む人間も、物欲まみれの人間も嫌いだ。

これら問題点はあるが、わたしは一流の物にしか満足できない男だから仕方がない。半分後悔しながら、「購入」をクリックした。商品が届いたら、妻には「友人からのプレゼントだ」と言うつもりだ。

論理的な議論

最近、コロナをめぐる論調の中に、論理性を求める声が目立つようになった。感情的になるよりも論理的に議論する方がはるかにいい。だが実際にはそれほど簡単な話ではない。

たとえば「緊急事態宣言を出す基準、解除の基準を示せ」と言われるが、「基準」といっても、感染者数、医療体制の逼迫度、ワクチン接種数、ワクチンが効かない変異株の有無、変異株の感染力と毒性の状況、失業や倒産などの経済状況、宣言による人々の行動変容度、過去の宣言の効果、国民の意識、専門家の判断、内閣支持率など、考慮すべき要素は多数あり、すべてを正確に示すことは難しい。

しかも、基準としてあげられる事実をどう解釈するかが問題になる。

かりに「前回の緊急事態宣言の結果、感染者が一日二百人から三百人に増えた」という事実があったとしよう。この事実は「宣言は逆効果だった」ということを示すとはかぎらない。「宣言がなかったら五百人まで増えていた」と考える人なら「宣言は効果があった」と解釈するだろう。

だからこの事実から、「緊急事態宣言を出せば感染者が減る」という結論も、「緊急事態宣言を出すと感染者が増える」という結論も導きうる。さらに「緊急事態宣言を出しても出さなくても感染者数はほとんど変わらない」と主張することもありうる。どの解釈が正しいかを判断するには、データの蓄積が少なすぎる。

もっと分かりやすい例を挙げよう。

小学校で血液の循環を教えていた先生が逆立ちをしてみせ、こう言った。

「ほら顔が赤くなるでしょう？　血が下に行ったからよ。じゃあ、ふだん立っているとき、どうして足が赤くならないの？」

すると、一人の生徒が答えた。

「先生の足は空っぽじゃないから」

このように、与えられた事実から思いもよらぬ結論が導かれる可能性がある。

論理性を求める声の一つに「根拠（エビデンス）を示せ」というものもある。だが根拠や理由を示すのも難しい。わたしはコロナよりはるか以前から「なぜやった」「理由を言え」と問われ、必死の思いで理由を考えてきた。理由をしぼり出すのに四苦八苦した結果、三つの知見を得た（知見というものは、とくに間違った知見は簡単に得られる）。一つは「理由や根拠はいくらでも作り出せる」という知見だ。

たとえば通販で二万円の電子ピアノを買った理由を妻に詰問された場合（わたしが自分の物を買ったというだけで詰問の対象になる。妻が何を買っているかは不明だ）、理由は色々ある。

「心身の衰えで、自分のしていることが分からない心神耗弱状態だった」

「お前がほしがっているネックレスを買おうとして間違えてクリックした」

「えっ、お前は電子ピアノに興味ないの？　てっきりピアノをほしがっているのに言い出せないでいるのかと思ったんだ」

「『買わないと区役所を爆破する』というメールが届き、やむをえなかった」

「『買わなきゃお前のヨメを地獄に落とすぞ』という悪魔の声が聞こえた」

など、努力次第でいくらでも作り出せる。

第二の知見は「この手の理由づけは、妻には通用しない」ということだ。

第三の知見は、これまで「ごめんなさい」以上の成果をあげた理由づけは一つもないということだ。

コロナをめぐるテレビの議論にも妻は腹を立てている……もしかしたらわたしが無断で買ったコーヒーミルに腹を立てているのか？

それとも内緒でタブレットを注文したのが知られたのだろうか。

ワクチンよりコワい

二回目のワクチン接種が終わった。わたしのいる老人ホームで百人ほどがいっせいに接種を受けた。

一回目の接種も迅速だったが、今回はさらに効率的だった。入居者は動作が落ち着いているが、みんなが座っているところを医師が移動する方式だから停滞しない（じっと座っているのは得意だ）。そのうちこの老人ホームは接種センターに商売替えするのかと思うほど効率的だった。

ワクチン接種をためらう人は、この老人ホームには一人もいない。逆に、接種数日後、接種したのを忘れてもう一度受けようとする人もいるほどだ。

若者の一部には、新型コロナよりもワクチンを怖がり、「何年か先、思わぬ副反応が出るかもしれない」と恐れる人もいるが、老人ホームでは、何年も先の副反応を心配する人は皆無だ。いつ認知症や寝たきりになるかという心配に比べたら、副反応はミサイルの前の水鉄砲に等しい。

ワクチンを拒否する人の中には陰謀論を信じている人もいる。たとえばワクチンの中にマイクロチップが入っていて情報を盗みとり、その黒幕はビル・ゲイツだ、などだ。だがビル・ゲイツが何のためにそんなことをするのか。大富豪が貧乏人から金をむしり取るためか？　もしかしたら全世界の人の住所を盗んで年賀状でも出そうとしているのか？　こんな陰謀論が信じられるなら、わたしが目もくらむようなハンサムだと信じてもよさそうなものだ。

「陰謀論は常識からかけ離れているから信じてはいけない」と言う人もいるが、これは誤りだ。「地球は丸い」という主張も地動説も、当初は常識からかけ離れていたのだ。ワクチン陰謀論も、事実によって反駁するしかない。幸い、事実によって反駁できるからまだいい。「わたしは神だ」と信じている人（妻もその一人だ）もいるが、これはどんな事実によっても反駁できないから始末が悪い。

　ワクチンのような未知のものを体内に入れるのを怖がる人もいるが、わたしは妻が何を入れているか分からない料理を毎日体内に入れているし、だれだって牛、タコ、納豆など、自分とは異質な物を平気で体内に入れているではないか。

「メッセンジャーRNA」という新タイプのワクチンが遺伝子を書き換えるのではないかと恐れる人もいるが、ふだん親からもらった遺伝子に不満を抱いているのに、自分の遺伝子に変化が起こるのを心配するのはおかしくないか？　遺伝子が変化して容姿や運動能力や知的能力が劇的に改善する可能性だってあるのだから、遺伝子の改変に賭けてもよさそうなものだが、残念ながら科学的には改変はありえないらしい。

それに、コロナウイルスこそ細胞に入り込むＲＮＡだ。そっちの方が怖くないか？　回復後も、後遺症で意欲低下、集中力低下、嗅覚や味覚の障害、抜け毛、血管系の障害が出るらしい。こういう後遺症の方が副反応より怖くないか？

わたしは迷わず接種を受けた。副反応で腕の痛みと発熱があったから、ワクチンがカラ打ちでないと確信した（接種があまりにも迅速だったため、打ったふりをしているのではないかと疑っていたのだ）。妻は何も感じないというから、教えた。

「死ぬ前の人は半数が何も感じないらしいよ」

ふだん脅されているわたしのささやかなお返しだ。効果はてきめんだった。妻の顔色がみるみる変わり、不安と絶望のあまり鬼の形相になった。暴れる前に急いで教えた。

「生きている人はみんな死ぬ前だ」

妻の顔に浮かんだ絶望が怒りに変わり、その日ずっと機嫌が直らなかった。副反応よりコワかった。

不要不急の男

待望の一冊が出た。待ちくたびれて他の著者の本を買って後悔する人が続出する中、わたしの新刊『不要不急の男』（文春文庫）が緊急出版の運びとなった。

二十七冊目の文春文庫になる。この数字からも分かるように、わたしは出版社に多大な貢献をしている。倉庫のスペース占有率では他を圧している。

そう言うと、「出版社はバカなのか？　在庫を増やすために出版するか？　ふつー」と言われるだろう。バカの可能性も否定できないが、最初に言っておきたい。わたしの本には何の罪もない。ただ刷られて世に出ただけだ。世に出た以上、どこかに存在しなくてはならない。読者の本棚の片隅か、鍋の下に存在しないなら、倉庫の中に存在するしかない。中高年の男なら共感できるはずだ。職場でも家でも邪魔だ迷惑だと嫌われながらも、どこかに存在しなくてはならない悲哀を味わっているのだから。

さらに言いたい。出版の目的は金儲けだけではない。たとえ売れなくても、良書を出して文化の向上に資するという役割がある。もちろんこれに対しては「その役割を果たすのはお前の本ではない。お前は文化の向上以前に、人格の向上を目指せ」と言われるだろう。

だがここには大きい誤解がある。文化というものは高尚なものだけから出来ているのではない。おいしいスープには野菜の切れ端が必要なように、文化には軽薄で愚かで卑しいものも必要なのだ。たぶん。

本のタイトルは重要だ。タイトルにつられて買うこともあるからだ。『不要不急の男』も考え抜いて選んだものだ。自粛生活を強いられて正常な判断ができなくなっているところへ、書店で「不要不急」という見慣れた文字が目に入り、衝動的に買ってしまうことも、ありえないことではない、と言っても過言だとは言い切れないと断言できる。

判断ミスに乗じるのは卑怯だと言われるだろうが、多くの画期的発見は、ミスがきっかけでなされたことを忘れてはいけない。人間が自分の裁量でできることはタカが知れている。人間的能力の限界を超えるにはミスを犯して偶然に身をゆだねることが必要なのだ。

もちろん、タイトルだけで売れるほど世の中は甘くない。売れるには他の要素が必要である。言うまでもない。宣伝である。巨費を投じれば売るのは簡単だ。だが社運をかけてわたしの本を宣伝するほど出版社はバカではない（だがツチヤ本の出版を思いとどまるほど利口でもない）。費用をかけずに宣伝する方法としてメールによる宣伝が考えられる。文面はこうだ。

「三十五歳の未亡人です。自分ではイヤなのですが、まわりから巨乳と言われています。一人で過ごす夜の淋しさから逃れたくてお酒に頼っています。貴方のことはネットで知りました。できればおつき合いしたいと思っておりますが、ただ一つ障害があります。ツチヤという人の『不要不急の男』という本を五冊買い、本とレシートを一緒に写した写真を送ってくれませんか。そうしないとツチヤの慰み者にされるのです。虫唾《むしず》が走りますが、この男に借金しているので、言うなりになるしかありません。お金目当てだとお思いでしょうが、お金ならいくらでもあります。亡くなった主人が遺してくれた五十億円がありますから。ただ、相続の手数料が五十万円ほど足りず、相続できていません。相続できたら、倍にしてお返ししますので、振り込んでくれませんか？」

百万人に送れば十人は話に乗ると思い、編集者に提案すると、何の工夫もない正論が返ってきた。

「詐欺でしょう？　そんなことを考えるより内容と文章を磨いてください」

老後の読書

　こんなはずじゃなかった。人生設計は簡単に狂う。結婚して幸福な家庭生活を送る予定が、苦難と忍従の日々、出家も考えるとは夢にも思わなかった。

　愕然とした。読書ができなくなっているのだ。

　これまで本を読むことは、三度の納税よりも、五年の服役よりも好きだった。鞄の中にも寝床のわきにも本がないと不安だった。手元に本がないことより不安なことといえば、本の代わりに妻がいて「そこへ座れ」と言われたときぐらいだ。

　本は生涯の友だ。本には読む時期がある。『桃太郎』や『カチカチ山』を楽しめるのは幼児期だけだ。そこで、昔、読書計画を立てた。「この調子で成長すれば、いま楽しんでいる娯楽本はいずれ子どもダマしだと思うだろう。現在、高尚な本は読む気がしないが、成長すれば楽しめるはずだ」と考え、めぼしい古典を何年もかけて原典でそろえた。

　準備万端整えて老後が来るのを楽しみにしていたが、いざ老後になってみると、まったく成長しておらず、古典を楽しむには未熟すぎることが判明した。

これは大きい誤算だった。もう成長する歳ではない。そう見切りをつけると、苦労して集めた古典を処分するのに抵抗はなかった。それほど成長にはほど遠い状態だったのだ。それまでよほど負担になっていたのか、処分したとたん気が軽くなり、晴れ晴れとした日々が訪れた。

計画は狂ったが、わたしはそれほど愚かではない。これまで「五年で楽器をマスターする」「この哲学者の著書を今年中に全部読破する」と計画を立てては計画倒れに終わり、自分を信用できなくなっている。読書についても、念のため成長しない場合も想定し、保険をかけるつもりで、読んで面白かったミステリなどめぼしい娯楽本を老後のために確保した。これでたっぷり楽しめる。こう思って一冊を手に取って愕然とした。

読んでも楽しくないのだ。登場人物が多かったり、筋が込み入っていると、読む気がしなくなる。記憶力と理解力だけでなく、集中力、根気、熱意がなくなっている。筋を追うのに熱意が必要だとは思いもしなかった。かといって単純な分かりやすいものは子どもダマしに思えて、読む気がしない。

第一、眠り込まないで五ページ読むことが難しい。こんな事態になるとは夢にも思わなかった。これだけ情報があふれ、双子のパンダの性別の情報まであるのに、読書ができなくなるという重大な情報をだれも教えてくれなかった。

いまもどれだけ多くの人が、老後の楽しみのために面白そうな本を取っておいているだろうか。わたしは声を大にして警告したい。面白いと思う本から読まないと後悔する。わたしはおいしい物を最後に食べる主義だが、これも見直した。いざ食べるときになって、満腹だ、胃がんだ、歯がない、命がないなどの事態になりかねない。

映画も読書と同じだ。先日見た映画など、登場人物のうち二人が最後まで見分けられなかった。はっきりさせるためにもう一度見直す気力はない。分からない部分は想像で埋めるため、犯人が違っていたり、ハッピーエンドかどうか、どんでん返しがあったかどうかも勘違いしている可能性がある。創作力だけはつくはずだが、相変わらず、嘘をつくための構想力が不足し、ワンパターン化したままだ（「体調が悪い」など）。

テレビも、安心して見られるのは、筋も登場人物も覚える必要がないニュースや、ただネコだけを撮影する記録番組だけだ。

最後に一言。どうせ老後になって読まないのなら、わたしの本を買いそろえることをおすすめする。

奇跡の能力

自分の価値を認めてもらうのは難しい。とくに自分に価値がない場合には。

まわりに価値を認めてもらおうとして自慢すると、たいてい失敗する。自慢話をするたびに嫌われ、軽蔑されてしまう。価値を上げるはずの行為によって価値を下げているのだ。

わたしは違う。卑屈と言えるほど謙虚だ。それなのに評価が上がる気配がない。業を煮やして「おれは謙虚だ」と叫べば叫ぶほど評価は下がる一方だ。

心配なのは、自慢のタネが尽きることだ。だが最近、タネは無尽蔵だと気づいた。たとえば、日本に来た外国人が日本の電車の発着の正確さに驚くと、「ずさんな外国とは違うんだ。日本人は万事にキチンとしているんだ」と、万事にだらしない遅刻の常習者が自慢する。「日本人は清潔だ」とホメられれば、「その通り！　日本人は不潔な生活には耐えられないんだ」とゴミ屋敷に暮らす者が自慢する。外国人が「日本の料理はおいしい」とホメれば、「日本人の舌は繊細なんだ」と、毎日ハンバーガーとカップ麺ばかり食べている者が自慢する。

このように自分がもっていない性質で自慢するのだ。こうなったら自慢のタネは無限だ。

藤井聡太二冠や大谷翔平選手の活躍が人生最大の、あるいは唯一の、楽しみだという人は多い。藤井二冠を応援する気持ちの中にも自慢が入っている。「プロ棋士になるのも大変なのに、プロ棋士が舌を巻く天才ぶりだ。この先どこまで成長するか予想できない。ほら、また勝った！　どうだ、ナメるなよ。ふつうにやって勝てる相手じゃないんだから。しかもタイトルや金銭には目もくれず、将棋に強くなりたいという純粋な気持ちを持ち続けているんだ。これがどれだけすごいことか分かるか？　お前ら凡人には分かるまい」と自慢し、凡人の中でも最低の部類の老人（わたしだ）がタンカを切っている。勝敗にこだわり、見た目も内面も藤井二冠とは大違いで、能力も研究心も克己心も将来性もない老人が、自慢しているのだ。

これは奇妙である。藤井二冠が自分とどれだけ違うかを力説して、自慢しているのだ。結果的に自分をけなしているのに、自慢になっていると思い込んでいる。こんな離れ業ができるのは奇跡としか言いようがない。

大谷翔平選手の活躍を見たときの「誇らしさ」も同じである。

「どうだ、見たか。彼のホームラン、豪速球、走塁を。こんな選手がいままでアメリカにいたか？　ファン、選手、審判への礼儀正しい態度を見ろ。ストイックな練習態度、完璧な感情コントロール、理想的な容姿、どれをとっても、欠点がない。できないことはたぶん万引きぐらいだ。日本人の容姿は醜いとけなしていたやつよ、よく見ろ。大リーグの選手が見劣りするほどスタイルがいい。大リーガーがあんな貧相な身体つきでよく恥ずかしげもなく人前に出られるものだ。脚の長さを見ろ。走っているところなんか、大谷がチーターなら、大リーガーはフレンチブルドッグだ」

こう思いながら勝ち誇った気持ちになっている本人は、ダックスフントのように短足肥満の老人だ。大リーガーをバカにしながら、それ以上に自分自身をバカにして得意になっているのだ。「皮を切らせて肉を切る」どころか「肉を切らせて皮を切る」という無茶苦茶な手法で勝ったと思っているのだから、奇跡としか言いようがない能力だ。

「藤井や大谷はすごい。オレはその正反対だ。ゆえにオレはすごい」はあまりに無茶な論理だ。だがこういう、ありえない論理のおかげでわれわれは毎日楽しく暮らしているのである。

無の章

開会式はいらない

　ほとんどの人は忘れているだろうが、オリンピックの開会式がとり行われた。

　わたしは開会式を見た後、後悔した。録画しておけばよかった。味わったことのないような深い満足感を味わうことができたのだ。こんな満足感は何年ぶりだろうか。

　開会式が始まって十分後、深い眠りに引き込まれ、長い間求めていた深い熟睡が得られたのだ。熟睡用に録画しておけばよかった。

　翌日、教え子から電話があった。

「開会式はどうでした？」

「とてもよかった」

「どこがですか？」

「どことは言えないが、とにかく心地よかった」

「最初から最後までごらんになったんですか？」

「十分間ぐらい見た」

「それじゃあ見たとは言えません」

「なぜだ？　象を見た場合、象の足の裏や内臓までは見ていない。一部しか見なくても『象を見た』と言えるんだ。開会式を見たと言って何が悪い」

「じゃあ、先生の本の最初の一行を読んで、先生の本を読んだと言ってもいいんですか？」

「もちろんだ。その一行は、ヘミングウェイの一行ではなくわたしの一行なんだから。どちらにしても大差はないが」

「先生と話していると何でも面倒になりますね。とにかく開会式の評価が大きく分かれてるんです」

「『よく眠れた』と『眠れなかった』の二つか？」

「違います！」

「分かった！『見ながら食べたピザがおいしかったかどうか』だろう」

「違いますっ！　開会式の出来がよかったかどうかで意見が割れたんです」

「割れてはいけないの？　わたしの本も評価が割れるよ。夫婦仲でも皿でも何でも割れる運命にある」

「先生の本は割れないでしょう。『くだらない』でまとまるはずです」

「違うっ！『面白くてためになる』という力強い意見もある」

「先生の意見でしょう？」

「わたしにも投票権がある。開会式の何が気に入らないの？」

「『何が言いたいのか意味不明』『統一感がない』『金のかけすぎだ』『長すぎる』などです。先生の授業の評価みたいです」

「昔のことはやめなさい。開会式が言いたいことは小学生でも分かるだろう。『開会するよ』と言ってるに決まってる」

「違います！　開会式では、平和とか連帯とか開催国の文化とかを音楽や踊りで感動的にアピールするんです。感動すれば心は一つになりますから」

「感動すれば戦争は終わるのか？　夫婦のミゾは埋まるのか？　うちは、開会式の最中にわたしが眠ってたといって妻に怒られてミゾがますます深まった」

「それは開会式のせいじゃありません。開会式に関心がないんですか？」

「開会式そのものが意味不明なんだ。学校の朝礼も運動会の開会式も苦痛でしかなかった。オリンピックの開会式の感動なんて、どんなに工夫しても薄っぺらなものだ。競技で人生と国家と仲間の名誉を賭けて死に物狂いで闘う姿以上にスリルと感動を与えるものが他にあるか？　開会式なんて、ミステリに長い序文をつけ、映画の冒頭に監督挨拶を入れるようなものだ。やめてしまえと言いたい」

「式が嫌いなんですか？　もしかして結婚式がトラウマになってるんですか？」

「結婚式は性質が違う。親戚や関係者を集めて、簡単に夫婦関係から抜けられないようにしているんだ。だいたい儀式が多すぎる。成人した、卒業した、死んだなど。散髪や入浴に儀式が不要なのが不思議だよ。そう言えばまだ喜寿の祝いをしてもらっていないが……」

「失礼しますっ」

電話が切れた。

価値があるもの

オリンピックのチケットを買った人が「一生に一度の機会だから見たい」とテレビで言っていた。たしかに「一生に一度」なら貴重に思える。

だが、一生に一度の大失敗を望む人がいるだろうか。一生に一度のオリンピックを見たがる人にしても、オリンピックの無観客開催が決まったことにがっかりして、ラーメンでも食べようと人気店の行列に並び、順番が来たとき「時短営業のため閉店です」と言われたら、「こんなふうに待たされたあげく、断られるのは一生に一度の経験だ」と言って喜ぶだろうか。

一生に一度といっても、交通事故にあう、試験に落ちる、寝たきりになる、危篤になる、などは一生に一度でもイヤだと思うのがふつうである。一生に一度でありさえすればいいというわけではない。

では、「人生に一度」だからというより、むしろ「世界に一つしかない」物が貴重とされるのだろうか。エラー切手のように数が少ない物は高額で取り引きされ、ピカソの絵が高額で売買されるのは、同じ物が世界に一つしかないからだ。

数が少ない物ほど高値がつく。キャビアやトリュフが高価なのは手に入る量が少ないからだ。マスクやトイレットペーパーが品薄になれば争って買い、「本日限り」とか「残りわずか」と書けば売れるのも同じ心理だ。人間は、数が少ない物を価値があると思う習性がある。

だが、数が少なければ貴重なのだろうか。世界に一個しかない形をした小石があったとしよう。金の延べ棒は、映画によれば銀行の金庫に大量にある。わたしなら世界に一つだけの小石よりも金の延べ棒を選ぶ。数が少ない方が評価されるとはかぎらないのである。

もっと明白な反例がある。わたしが描いた絵は世界に一つしかない。それなのになぜ売れないのか。たとえわたしがピカソの顔を描き、「ピカソの絵今日だけのお買い得！　特別価格五百円」と銘打って出品してもだれも買おうとしないだろう。わたしの書いた本も「残部僅少」「早い者勝ち」「三歳以上限定」「日本語が堪能でない人限定」と人数を絞っても売れ行きが伸びないのだ。

めったに得られない経験も貴重とはかぎらない。国宝の壺が頭の上に落ちて割れたときの痛みはめったに味わえないが、その分痛みが貴重になるわけではない。妻の料理はふつうの人には味わえないが、ありがたがる人はいない（ありがたがるふりをする人はいるが）。

数が少なければ価値があるとはかぎらないのだ。

このように、どんな物をなぜありがたがるのかという問題に答えるのは難しい。だが他では絶対に手に入らない貴重な物をだれもがもっているのはたしかである。自分自身である。

自分自身は正真正銘かけがえのない唯一無二の物だ。自分が唯一無二なのだから、希少な物を求める人間の習性からすれば、これほど喜ばしいことはない。しかも、代わってくれと申し出る者は一人もおらず、そっくりになろうと真似る者もいないから、類似品が出回る心配もない。

幸福に酔いしれてもおかしくないところだが、奇妙なことに、多くの人は孤立するのをイヤがり、多数に付和雷同し、多数の中に同化しようとしている。せっかくの唯一無二の価値を下げようとしているのだ（自分には大した価値がないと薄々気づいているのか？）。

わたしは家の中で孤立している（妻との二人暮らしなのに）。わたしの唯一無二の価値を発揮する絶好の環境だ。だが妻には付和雷同している。平和のためだ。それに、長年にわたって自分の価値を否定され続けたため、自分に価値があるとは思えなくなっている。唯一無二の価値以前に、いかなる価値も見出せない。目下「無価値の価値」を模索しているところだ。

オリンピックの利用法

問題まみれのオリンピックが終わった。

オリンピックを開催するかどうかを議論しているうちに、観客を入れるかどうかの問題に切り替わり、開会式も閉会式も問題があったのに、だれも責任を取らず、出来映えも酷評される内容だった。また噂では一部企業がオリンピックで暴利をむさぼり、ＩＯＣの金満体質もあらわになった。

ＩＯＣ会長は王侯貴族並みの待遇を受けたのをいいことに、自粛期間中、広島や銀座にお供を連れて繰り出したり、長々とスピーチするなど、迷惑行為が目立った。こんな姿を子どもに見せるのは教育上よくない。将来なりたいもの第一位が「ＩＯＣ会長」になったらどうするのか。そうなりかねない証拠に、わたし自身、ＩＯＣ会長になる方法をインターネットで調べたほどだ。

問題だらけの大会だったにもかかわらず、終わってしまえば、人々は問題をきれいさっぱり忘れ、アンケートでは、開催に消極的な人が六割いたのに、五輪後は「やってよかった」と答えた人が六割にのぼった。

多くの問題を忘れた原因は、スポーツの魔力にある。どんなに問題まみれでも、一発逆転する力がスポーツにはある。最高の能力をもった人が長く苦しい努力の末に、死力を尽くして闘う姿が、手に汗握るスリルと興奮をもたらすのだ。これだけ夢中にさせる力をもっているものは、スポーツ以外には見当たらない。

ノーベル賞級の研究成果を挙げても、「検証が」「エビデンスが」「査読が」など、煩雑な手続きが必要で、スポーツのように人間を熱くしない。その点、スポーツは速戦即決、直接的で原始的本能に訴える。

これだけの力を、金儲けする人や政治家が見逃すはずがない。わたしも利用したいが、くやしいことに利用の仕方が分からない。

古代ギリシア人は、日本の相撲と同じく、オリンピックを神をもてなすために利用した。古来、人々は神の機嫌を取ろうと、最高の食べ物や最高の工芸品を奉納し、人身御供までしてきた。中でもオリンピックは、神を喜ばせるために人間ができる最大限のおもてなしだった（神はスポーツやご馳走など原始的本能に訴えるものに弱いのだ。妻そっくりだ）。神が喜びそうなものならどんな犠牲を払っても奉納してきた。神が接待麻雀や接待ゴルフを喜んでいたなら、それも奉納していただろう。

この人間の姿を見てしみじみ思うが、人間は何といじましいことだろうか。まるで機嫌が悪い妻にドラ焼きを献上して許してもらっているわたしを見るようだ。

しかも日本が獲得したメダル数は史上最多だ（スポーツ強化策が功を奏した側面もある。大学の研究を強化する施策もお願いしたいところだ）。最高のおもてなしではないか（神は日本人だと仮定する）。

これなら問題だらけのわたしの生活も何とかなるかもしれない。五輪前、わたしが妻の料理に勝手にソースをかけて食べたのが妻の不興を買ったが、妻はオリンピックを熱心に見ていたから、もう忘れているのかと思ったら、今日出された料理の横に、これ見よがしにソースが置かれていた上に、自分の衣類を大量に買ったことが判明した。オリンピックも万能ではない。

妻の目の前で何か競技ができればいいが、スポーツは苦手だ。貧乏ゆすりがオリンピック種目になったら、何とかなりそうだが、たぶん怒りを買うだけだろう。妻を喜ばせるのは神を喜ばせるより難しい。オリンピックのように、問題が多くてもいつかは終わる日がくるのを待つしかないのか。

考えていてハッと気づいた。なぜわたしはもてなす側にばかり立って考えているのだろうか。

支持率を上げる方法

内閣支持率が下がる一方だ。当初、コロナの感染拡大の責任を負わされる政府に同情していた。だが最近は事情が違う。

コロナ発生から一年半、自粛を呼びかける以外、ほとんど何の手も打たないまま、感染者数は過去最大、災害級となり、約十万人が自宅療養で苦しみと不安にさいなまれている。こうなることは海外の感染状況を見れば予測できたはずだ。

支持率低下にはオリンピックも関係している。国民はいくらオリンピックに反対していても、いざ観戦すれば感動し、「よくぞオリンピックを開催してくれた」と感謝して支持率が上がると政府はタカをくっていたのだろうか。そうだとしたら見当違いもいいところだ。

国民は死に物狂いで闘うオリンピック選手の姿に感動したのだ。それにひきかえ政府は何をした？　コロナや既得権益と闘ったか？　国民が求めているのは、選手の半分でいいから死に物狂いになって国民の命を守ろうとする政府の姿だ。

この支持率の低下は人気の低下とはわけが違う。この政府では国民の命を守ってもらえないと感じた国民の絶望感が支持率の低下になっていると思う。

ニュースを見れば、いまどんなに悲惨な状況かが分かるはずだ。働き盛りの男が自宅療養中に症状が悪化して一刻を争う病状なのに、入院先が見つからない。それを告げられた患者と家族の絶望、残酷な知らせを告げなくてはならない医師の無念さを理解できない政治家がいたら即刻辞めてもらいたい。そういう悲惨な状況を何が何でも打破することに政治生命を賭ける姿が見られないかぎり、支持率は上がらないだろう。

必要なら法律を作ってでも、強行採決をしてでも、法律を曲げてでも、できることはなりふりかまわず実行して国民の命を守ってほしいのだ。

素人目で見ても、やることはいくらでもあるように思える。大号令をかけて病床数を増やす、医療従事者を総動員する、治療薬や酸素濃縮器の生産を急がせる、大規模野戦病院を作る、ワクチンの確保に全力を尽くす、ワクチンや治療薬の開発に資金を大量投入する、水際対策を強化するなど。いずれも難しいだろうが、いまは非常事態だ。非常手段をとるときだ。非常事態の意味をだれよりも政府は理解してほしい。いまからでも遅くない。今後ウイルスはどう変異するか分からない。状況がどうなるかだれにも分からないのだ。

多少強引なことをしても、国民の命を守るためだと必死に訴えれば、どんなに訥々(とつとつ)としか話せなくても国民は納得する。　自信がなければ、説明の上手な専門家や大臣にやらせればいい。

オリンピックを強行したのだから、オリンピックより重要な国民の命を守るためなら何でもできるはずだ。必要なことは何でもする、何が必要なのかが分からなければさまざまな専門家の意見を聞いてまわり、できることはどんな手段を使ってでも実行する、という必死な気持ちが見えないと支持率は上がらないだろう。

実行力ならあるはずだ。一人でも反対すると尻込みするのがふつうなのに、六割の国民の不安を無視してオリンピックを強行した。記者会見や国会でまともに答えない醜態をさらしてでもオリンピックを全力で守った。それなのに、国民の命は全力で守ろうとしないなら、そんな政府をだれが支持するだろうか。

そんなに言うなら、お前がやってみろと言われるかもしれない。わたしならこうする。死力を尽くしてコロナ対策に当たる人物を後継総理に指名して即刻辞任する。だれを指名するか。菅義偉総理だ。オリンピックを強行した実績がある。

買ってよかったか

一流品には保守点検が欠かせない。偶然かもしれないが、わたしも自分自身の点検を怠らない。

先日も、物欲の奴隷になっていないかを点検した。物を買うときは、物欲がピークに達したとき、言い換えれば、理性が働かなくなったとき、言い換えれば、ふだんの状態のときだ。事前に商品の必要性、機能、品質などを慎重に比較検討し、吟味に吟味を重ねるうちに物欲が頂点に達し、価格だけで衝動的に買う。

そのためか、点検するたびに物欲まみれであることが判明する。先日買ったコーヒー豆を挽く器具（グラインダーという）は高価だったが、それだけの意味があったのか。点検してみた。

コーヒーには覚醒作用も催眠作用もある（眠気覚ましに飲むとたいてい眠ってしまう）。その上、ガン予防、水分補給、カフェイン禁断症状緩和の効果がある。ただ、飲み過ぎると健康上害になるとの説もある。

だがわたしは極端に薄く淹れて飲むから、たとえコーヒーの害があっても小さい。

それではガン予防の効能が得られないと思うだろうが、何杯も飲むから効果はあるはずだ。

しかも砂糖と大量の濃いクリームを入れるから、見た目も味もコーヒーなのかクリームなのか分からない（クリームの健康上の影響は調べる気がしない）。

何より、わたしのように多数の問題を抱えていて、気分転換を必要としている者には精神面の効果が大きい。何杯飲んでも問題は解決しないが、「コーヒーを飲めばストレスが減る」と言い聞かせていると、そういう気になるから不思議だ。

買ったグラインダーを使ってみると、さすがに家庭用としては最高級の機械だという評判が実感できる（最高級だと実感しないと、通ではないことになる）。

手で豆を挽いていたときに比べ、圧倒的にラクだ。ラクな分、運動量が減るが、その分は、三十年ほど後に百キロのバーベルを一、二回上げれば問題はない。

第一に静かだ。標準的な音量は知らないが、通販サイトの製品レビューにそう書いてある（書いているのはみんな通の連中だ）。事実、道路工事の音よりははるかに静かだ。しかも叱責したり、にらんだりしない。電源を切ると、耳をつけても耳鳴りの音しか聞こえない。

音は静かでもちゃんと豆は挽けている。その上、挽いた粉がそろっている。レビューにそう書いてあるから、虫眼鏡で見たのだろう。なぜ粒ぞろいがいいのか不明だが、レビューでは長所として書いてあるから、疑う者は一流ではない。

またこの製品の一大特徴だが、静電気が起こらない。事実、頭を製品に近づけても髪の毛は逆立たない。これまで何十年もコーヒー豆を挽いてきたが、静電気が発生するとは知らなかった。髪の毛が逆立ったことは一度もない。どうやら静電気が発生すると、コーヒーの粉が付着したり微粉が飛び散ったりするらしい。付着と飛散は逆のように思えるが、レビューには両方書いてあるから仕方がない。

静電気がなぜいけないのか。理由は、付着もしくは飛散により①掃除しにくい、②もったいない、③付着した分が後で混入して味が変わるからだ。だがわたしは①掃除しない、②飛散分の損失を気にするほどケチではない、③味が変わっても気づかない。だからわたしにはどうでもいい機能だが、どうでもいいことにこだわるのが一流の証だ。

一番重要なのは味だ。やはり高価なグラインダーだけあって、味が全然違う。雑味がないのだ。雑味がどんな味なのか知らないが、複数のレビューにそう書いてある（わたしは「このコーヒーに欠けている味が雑味だ」と考えている）。

すべてレビュー通りだ。買ったのは正解だった。

比較による人生相談

悩んだら比較せよ。不幸になったら、それ以上に不幸な人と比べれば、自分はマシだと思って安心できる。

こう考えられている通り、比較の力は大きい。自分より不幸な人がいるとなぜ安心できるのか不思議だが、自分一人が不幸になるのがよっぽどイヤなのだろう。

自分より不幸な人は必ずと言っていいほど存在する。余命三ヶ月しかなくても、余命三日の人がいる。人間の中にいなければ、動物や植物でもいい。無生物でもいい。それでも慰めになるのだから不思議である。

問「人間の寿命が短すぎます」**答**「カゲロウや、ある種の素粒子に比べれば何万倍も何千億倍も長生きできます」

問「太っています」**答**「体重三百キロの人に比べれば、まだまだ太る余地があります。三百キロになったらゾウやクジラがいます。どんなに無茶食いしても地球より重くはなりません」

問「不眠症です」**答**「眠ったまま目が覚めないのに比べればずっとマシです。もし人類が一睡もしない構造になっていたら、あなたは異常に眠る嗜眠症《しみんしょう》だとされたでしょう。いまの人類が睡眠をとるのが悪いのです。他の人を責めましょう」

問「髪が薄いのだが」**答**「影が薄いよりマシです。食堂に入っても気づいてもらえます。でもどんなに髪が薄くなっても電球のようにはなりません。一度も髪の毛が生えたことのない電球に比べ、恵まれている幸福を嚙みしめましょう」

罪の意識にも比較は効く。

問「よくサボります」**答**「アリには働きアリと怠け者アリがいます。一生働かないアリと比べれば多少は勤勉なはずです。またすべての物体は惰性（慣性）といって、そのままの状態を保つ性質があり、努力や労働はそれに逆行するものです。物体と比較しましょう。間違っても、猛練習を続けて金メダルを取った柔道の大野将平選手と比較してはいけません。彼に比べればだれもが怠惰です。ただ、彼は『練習をサボる勇気がなかった』と語っています。そこがつけ目です。比較するポイントを変え、『サボる勇気は大野選手より上だ』と考えましょう」

問「五百円のボールペンを買うのにももったいないと考えてしまいます」**答**「百円のボールペンでも書けますから、五百円のボールペンはたしかに高い。でも考えるだけならいくら気宇壮大になっても無料です。タワーマンションを二棟買い、宇宙旅行するのに比べればタダみたいなものです。五百円のボールペンを買ってチップに十円はずんでもいいぐらいです」

問「家で安らげません」**答**「弾薬庫に住んでいても、核爆弾の上で寝起きするよりマシです。もし原因が奥さんなら（弾薬庫で暮らすのに似ています）、殺人鬼と暮らすのと比べれば、はるかに安らげます。安らぎすぎてダラけたところが怒りを買い、爆弾が破裂する恐れがあるほどです。奥さんが殺人鬼だという可能性も捨てきれませんが、どうせ命を落とすなら、疑いをふり捨てて、生きている間だけでも楽しく暮らした方が、おびえ続ける人生よりマシです」

問「孤独です」**答**「核戦争で草木も死滅した地球に一人生き残ったのに比べると孤独とも言えません。砂漠の中の小石の身になってもいい。どれだけ恵まれているかを実感するため、満員電車に乗ったり、有名観光地や人気ラーメン店やアイドルのコンサートに行きましょう。一人になりたいと思うはずです」

問「モテません」**答**「ゴキブリのように叩き殺されるよりずっとマシです。中年を過ぎるといまよりもっと毛嫌いされ、電車でだれも横に座ろうとしません。自分の家族にも嫌われます。いまのうちが花だと思って幸せを嚙みしめてください」

当たり前だからよけい悪い

少し前、ラジオに出演したところ、その後、ディレクターから「かつてないほどの反響でした。共感の声が多数寄せられました」と聞かされた。

驚いた。早朝の放送だ。こんな早朝にラジオを聞くのは、夜勤明けの労働者かスズメぐらいだ。そう思って、深く考えず、軽い気持ちで妻の行状をしゃべったのだ。

話したのは、近所の銀行員、店員、医師、市役所係員はたいてい妻にキレられた経験があり、イギリス滞在中は、英語もロクにできないのに、電車の乗客、車掌、ホテルマン、語学学校教師に連日ケンカを売っていたこと、家ではわたしが集中的に被害を受けていること、「良妻になる気はないか？」と聞くと「なぜならなきゃいけないの？」と不思議がり、中学生のとき学校で映画を見に行き、感想文を書かされたとき一言「つまらなかった」と書いて提出したことなどだ。

ふだん、エッセイで妻の行状を書くと、「わたしは夫の歯ブラシで便器を掃除していますが、奥さまに憧れます」といった理解に苦しむ声が寄せられる。

それなのに、共感の声多数というのだ。まだ良識は生きていた。やはりラジオを通じたナマの声は説得力が違うのだ。わたしの声に悲壮感や絶望感がにじみ出ていたに違いない。「ひどい妻によく耐えている」という同情の声や「旦那の度量が大きい」とたたえる声が寄せられたのだろう。

だが何事も思い通りにいかない世の中だ。念のためにディレクターに聞いた。

「だれへの共感ですか？」

「ほとんど奥さまへの共感です。ほとんどというか、全部です。奥さまに会いたいとか、スカッとしたとか、憧れるとかです」

抱いた期待が崩れる音が聞こえた。

「他の番組と間違えているんじゃないんですか？　ヒドい仕打ちに耐えるわたしの度量をたたえる声はないんですか」

「はい」

このディレクターは嘘もつけないのか。失望した。四面楚歌だ。世の中全体が間違っている。「それでも地球は動いている」とつぶやいたガリレオの心境だ。

たぶん世の妻は「えーっ、こんな生き方もありなの？　こんな勝手なことも許されるなら、やった！　遠慮する必要はないんだ！　わたしも大胆にやろう！　まわりと衝突してもいい！　もう周囲や夫に気を使うのはやめるっ」と新しい可能性に目を開き、悪の道に踏み出すのだ。妻がやっているのは「啓蒙」活動だ。

反響のことを妻に言うと、「放送でどんな話をしたのか」と聞く。エッセイでも妻のことは美化して書いているので、文句は言われないはずだと思ったが、放送でつい口が滑った可能性もある。ほぼ忠実に再現した。

妻に報告している途中、「この箇所は問題があるのではないか」「こんなことを言ったら妻は激怒するかもしれない」と思う箇所が何ヶ所もあることに気づく。話しながら恐る恐る妻の顔色をうかがうと、とくにケワしくなった様子は見えない。もともとケワしい顔立ちなのだ。

聞き終わった妻の様子は予想を超えていた。失望の表情を浮かべたのだ。

「全然たいしたことを言ってない。当たり前のことばかりだ。共感されるいわれはない。第一、事実しか言ってないのに、なぜ反響があるのか分からない」

不可解な様子だ。たぶん、わたしが事実をねじ曲げて妻を極悪人に仕立てたと思っていたのだ。

ショックを受けたのはわたしだ。妻は自分のやっていることを「何でもない当たり前の事実」としかとらえていないのだ。こんなことなら、本当のことをラジオでぶちまけて、思い切り悪者にしてやればよかった。

妻から哲学　オールタイム・ベスト

編集者から「エッセイのベスト版を出したいのですが、かまいませんか」というメールをもらったとき、世界のベストエッセイの中にわたしのエッセイが入ったのかと誤解するのに、二秒もかからなかった。そんなはずはないと思い、「日本のベストエッセイ百」とか「ベスト八万」に入ったのかと誤解し直すのにさらに三秒かかった。

メールを読み返して分かった。二十四年にわたって書いた本欄（『週刊文春』連載）の中からベスト版を出すという話らしい。こんなうれしい話があるだろうか。わたしの書く文章に「ベスト」の文字が使われたことは絶無である。もちろん「クズの中のベスト」という場合もあることはたしかだが、それでも「ベスト」の文字が使われることに変わりはない。

その後、何かの間違いではないかという疑念が芽生えるのに七秒かかった。連絡をくれた編集者は、間違った判断を下すときを除けば、信頼できる男だ。残念なのは、正しい判断を下すときがほとんどないことだ。もしかしたら他の著者と間違えたのかもしれない。

それならスピードが勝負だ。話を迅速に進めて取り返しがつかないところまでいけば、相手も引っ込みがつかなくなる。このやり口は、見知らぬ財布を見せられて「あなたのではありませんか」と言われ、「そうです。ありがとう」と言って受け取るのと同じだが、それぐらいの抜け目なさがないと老人は食い物にされるだけだ。

その後、疑惑が芽生えた。「ははぁん、連載を打ち切りにするハラだ。そうでなきゃベスト版を出すわけがない」という推測に到達するのに二十秒かかった。

さらに、スクープの文春だ。わたしの死が近いという情報を仕入れた可能性もある。文豪の死後、全集を出すのとは違い、文豪というにはほど遠いわたしには「ベスト版」という形でお茶を濁そうと思ったのかもしれない。この可能性に思い至るのに五十秒かかった。

疑惑は広がったが、遺書のつもりで引き受けた。

本のタイトルは『妻から哲学　ツチヤのオールタイム・ベスト』と決められた。その後、宣伝用にインタビューをインターネットに出すから、カメラマンを連れて行くという。ピンときた。遺影をとるハラだ。

もっと重大な問題がある。知る人はいないが、わたしはビジュアル系作家だ。ビジュアル系は写真が命だ。五木寛之氏など、高齢で活躍する作家は例外なくルックスに恵まれ、宣伝には写真が大きく使われる。

一方、わたしは若いときこそ貧相でやせっぽっちなイケメンだったが、いまでは見る影もない小太りの老人だ。小太りの老人が書いた物をだれが買うだろうか。不安が胸いっぱいに広がった。あわてて断った。

「プロのカメラマンは信用できません。一万枚に一枚という奇跡の写真を撮ってくれたことがない。素人が写真を撮ってアプリで修整か加工かすればいい」

「嘘は社訓に反します」

「じゃあイラストにしてください」

「いつも写真を使っているんです。費用もかかるし、だいたい、ビジュアル系でもないし……」

「別人の写真ではどうでしょう。ブラッド・ピットでもかまいません」

「無理です。そんなにおっしゃるならわたしの写真を使いましょうか」

「お断りします！」

結局、リモートでインタビューしている間に画面を遠くから手ブレで撮ることに決まった。インタビューの日取りは最大限延ばしてもらい、二週間後になった。それまでに十キロ痩せるつもりだ。一日七百十四グラム減らせばピッタリ合う。

インタビュー当日になると一・五キロ太っていた。

自業自得とは認めない

知り合い（Aとする）からメールがきた。

「新刊『妻から哲学　ツチヤのオールタイム・ベスト』、待ちに待ったツチヤエッセイの集大成ですね。どのような基準でどなたが選りすぐったのか、また、だれが待ちに待っていたのか興味があります」

選定は主に編集者が当たった。彼のプロとしての鑑識眼は、曇っていないときは信頼できる。わたしとほぼ同じだから安心（もしくは心配）できる。

待ちに待った人は少なくとも一人ここにいる。この先、第二弾、第三弾と続くのを待ちに待っている。「ベスト第二弾」などの表現が不適切なら、「ベスト・ミニ」「ベスト・プロ」「ベスト・プロマックス」でもいい。

それにしてもAはどうやって新刊のことを知ったのだろうか。推理した。たぶん、わたしが新刊を知らせるメールを送ったのを読んだのだ。ついでにAは新刊を買わないと断定した。いままで買ったためしがないからだ。

わたしの本は、出せば売れるという本ではない。宣伝が必要だ。だが宣伝すれば売れるという本でもない。出版も宣伝もしなかったら絶対に売れないから、やむなく出版し宣伝するのだ。「不遇の文豪」ということばが頭をよぎる（よぎっただけだから心配しないでもらいたい）。

究極の原因は人々の意識が低すぎる（もしくは高すぎる）ことにある。

宣伝のためインターネットでインタビュー記事を配信するが、その記事に手を入れる締め切りが今夜だ。

記事に載せる写真は編集者がリモートの画面を撮影したが、出来上がった写真は案じた通り、最低だ。どの写真も、わたしだと丸わかりだ。これでは宣伝になるどころか、逆効果だ。こちらで撮り直して送るからそれは使わないでほしいと伝えた。写真を大量に撮って、奇跡の数枚をそろえて送る期限が明日の正午だ。

悪いことは重なるものだ。週刊文春の原稿の締め切りが今夜だ。なのに書くことがない。暗澹たる気持ちになっていると、さらにひらめいた。もう一つの原稿の締め切りも今夜だ。なのに書くことがない。なぜ直前になって締め切りを思い出して、自分の首を絞めるようなことをするのか。責任感が強すぎる（もしくは忘却力が弱すぎる）。

何もしていないのに、時刻はすでに深夜〇時だ。眠くて目を開けていられない。この数日間、睡眠不足が続いている上に、今日は一睡もせず藤井聡太三冠の対局を見ていたのだ（ロクに分かりもしないのに）。この日は決着がついたのが深夜〇時近くだった。

さらに、おかしいと思ったら喉が痛い。測ると三十七度の熱だ。体温計の誤差を補正すると三十九度の高熱だ。コロナかもしれない。仕事がいくつも重なった上に、この体調だ。悪いことが一挙に襲ってきた。コロナに感染した多重債務者が睡魔と闘いつつ泣きながら金策に走っていて蜂に刺されたようだ。

絶体絶命の窮地だ。だれのせいなのか。編集者がいくら人でなしだといってもこれほど困窮にあえぐわたしを見たら「明日までに書け」と無茶を言うはずがない。もしそう言ったとしたらわたしが引き受けるはずがない。十分に間に合うと判断したから引き受けたのだ。

完全に自業自得だ。十中八九そう考えるだろうが、わたしは違う。何度も苦境をくぐり抜けてきたのは、自業自得だと認めない精神のおかげだ。将棋の日程が不適切だった、わたしの責任感が強すぎて締め切りを思い出した、人々の意識が低すぎる（もしくは高すぎる）、「明日できることは今日するな」をモットーにしている、風邪または新型コロナをだれかがうつした、それらに全責任がある。

出品業者との交渉

　便利な世の中になったものだ。パソコンでクリックするだけでほしい物がほぼ二、三日後には届く。

　いいことばかりではない。クリックするたびに簡単に金が失われていく。特別セール期間になると特別に金が失われる。

　まれにトラブルも起きる。先日、インターネット通販で電子製品を買い、開梱して気がついた。最新型かと勘違いして、旧型を買ってしまった。その商品を出品した業者に連絡して返品し、返金してもらわなくてはならない。これが面倒だ。下手をすると、次のようなやりとりになってしまう。

「FXPKKK2022111GXX（最近の型番は長い）を購入しましたが、旧型なので返品をお願いします」

「FXPKKK2022111GXXね。ということは、『踊り炊き踊り食い踊り踊るならちょいと土鍋仕立てチタン風アルミ釜炊飯器』か？」

「違います！」

「その型番正しいか？」

「……間違ってました。Kが一つ足りませんでした。FXPKKKK2022111GXXでした」

「えーと、『燃える男のピンクのトラクター』二十五馬力な」

「待って……あ、FXPKKKK2022191GXXの間違いでした」

「それ電子機器な。あなた、そそそかしい」

「『そ』が一つ多いよ。さっきから日本語がおかしい。中国の方ですか？」

「そだよ。だけどあんたの日本語もおかしい」

「何だと？　こっちは文章を書いて食っているんだ。日本語がおかしいと言われたことはいままで五百回ほどしかないんだ」

「わたしの日本語ホメられたことしかない」

「これじゃ話にならない。交渉することが色々ある。話をつけに店に直接行く。参考までに言っとくが、こっちは柔道五段、空手三段、ソロバン六級だ」

「わたし少林寺拳法八段」

「言い忘れたが、今朝ＰＣＲ検査で陽性だった」

「来るな！　返品するなら商品送れ」

「そっちが送ってきたんだから、送り返す送料は負担してもらえますね？」

「もらえないよ。あんた注文した。だから送った。あんた注文しなければわたし送らない。あんた悪い」

「わたしは、そっちが出品したから注文したんだ。出品者に責任がある」

「注文を間違えるの出品者の責任か？」

「そっちが出品しなかったら、そもそも注文できない。間違った注文をしようにも、間違えることすら不可能だ。だから出品者が悪い」

「それ無茶！　いいか。わたし魚を売る。だれか買う。料理に失敗して『まずかった。金返せ』と言う。おかしくないか？」

「えっ、あんたは魚も売っているのか」

「たとえだよ。分からないか？　ボールペン売った。買った人『字が上手に書けなかった』と文句言う。売った者の責任か？」

「そうだ。あなたボールペン売った。売らなきゃ、そのボールペンで下手な字を書くこともできないんだ。売ったあんたが悪い」

「あんまりやがな」

「関西人か？　あんたも強情だな。これじゃラチがあかない。分かった、こうしよう。百歩譲ってわたしの言うことが無茶だと認めるから、その代わり、返送の送料はそっちの負担ということにしてもらいたい」

「……分かりにくいな」

「どうする。早く決めてもらいたい。こっちは余命一年と診断されているんだ」

「わたし余命八ヶ月。だけどあんた弁が立つ。うちで働かないか？　クレーム対応係ほしい」

「断る。でも参考までに聞くが、給料は？」

「月十万円では？」

「九万円でいいよ。その代わり送料はそっち負担で」

マニアの悩み

世の中には、オーディオやコーヒーのマニアと言われる人たちがいる。最初わたしはマニアを軽蔑していた。人生にはもっと情熱を注ぐべきものがあると考えていたのだ。

だが、「それ以上に情熱を注ぐべきものは何か」と自問して、答えられないことに気づいた。しかもマニアは断定する。「この装置を使わなきゃ本物の音ではない」とか「こうやってコーヒーを淹れないと、飲めたものじゃない」と断定する。そこまで断定されると、何かあるような気がしてくる。そうなったら、すでに半分洗脳されている。

危ないのは心身が弱っているときだ（生まれて以来、ずっと弱っている）。マニアの話は危険だ。最低二メートルの距離を取り、耳栓をする必要がある。

コーヒー豆を挽くグラインダーを買うとき、知り合いのマニアに助言を求めたが、マニアになるつもりはなかった。自販機のコーヒーで満足していたのだ。

グラインダーを買ってもコーヒーの味に変化は感じない。するとマニアの男がメールでグラインダーの豆を入れる部分のフタを勧めてきた。もともとフタはついているが、木製でちょうど合う物があるらしい。危険を感じたわたしは警戒しながら聞いた。

「味に関係するのか？」

「もちろんだ。茶道でも道具にこだわるだろう？　茶室まで作るんだ。お茶もコーヒーもたんなる飲料ではなく、精神的なものだ」

「それにしては、お前に精神性が感じられないが」

「途上なんだ。簡単にきわめられるものじゃない」

「精神性以前に、分からないんだ。この前勧められた計量スプーンを買ったんだが、正直、味の違いが分からないんだが」

「スプーンだけじゃなく、ドリップポットはちゃんとしたのを使ってるんだろうな。ドリップスケールも大事だぞ」

「そんなわけの分からない物に金をつぎ込むなら、コーヒー豆に金をかけた方がいいように思えるが」

「えっ、コーヒー豆に金をかけてないのか」

「うん」

「お前はアホか。最高の豆に最高の焙煎《ばいせん》じゃなきゃただの色のついた水だ。金を惜しむな。愛好家はコーヒーを一杯飲むだけのために北海道まで行くんだ」

「コーヒーにそれだけの価値があるのか」

「安いものだ。オーディオのマニアは一メートル百万円以上するオーディオ・ケーブルを買うんだ。わずかな音や味の違いにこれほどこだわるのは人間だけだ」

「戦争するのも人間だけだが……それよりいま悩んでるんだ。以前は疲れたときやイライラしたとき、コーヒーを飲んでホッと一息ついて、気持ちを落ち着けていた。それがいまでは『これはちゃんとしたコーヒーか？　雑味はないか？　それにしても雑味って何なんだ？』などと考えて、気持ちが休まらない。そんなとき、前ならコーヒーを飲みながら音楽を聞いて気分を一新していたから、せめて音楽だけでもと思ってCDを聞くと、『ちゃんと音が出ているか？　低音や高音は十分聞こえるか？　音のバランスは？　弦をはじく音は聞こえるか？』などと考えて気が休まるどころじゃない。気が休まるときがなくなったんだ。どうしたらいい？」

「心の平穏なんか求めるな。そんなの邪心だぞ。邪念を払ってコーヒーの味に集中しろ。金への執着も平穏への執着も捨てろ」

「それよりコーヒーへの執着を捨てる方が簡単に思えるんだが……教えてくれないか。コーヒーから足を洗うにはどうしたらいい？」

「その方法をオレ自身ずっと模索してるんだ。分かったら教えてくれ」

必要とされる人になるには

だれからも必要とされない人生を望む人がいるだろうか。必要とされることがなければ、生きる意味が失われるような気がするし、周囲からも、「いてもいなくても変わらない」→「いなくてもよい」→「いない方がいい」という経過をたどり、最終的に「邪魔だ」と思われる恐れがある（残念ながら多くの中高年の男は家庭で「邪魔者」の段階に至っており、職場でもそうなっている人がいる）。

必要とされる人間になれば「オレはなくてはならない存在だ」と思うことができる。実際、多くの男は必要とされる人間でありたいと願っている（女が何を考えているかは不明だ）。だから「何一つ家事を手伝わない」とののしられながらも自分なりに家事を手伝い、できるだけ稼いで家族に不自由のない暮らしをさせたいと思っている。職場でも閑職に追いやられないよう、なくてはならない人材となるよう努力している。

必要とされる人間になるのはさほど難しくはない。

・就職する。できれば要職につく（人間は不要でも仕事上の役割は必要だ）

・結婚する（すぐに邪魔者になるが）
・約束する（婚約する、遺産を遺すと約束する、ホテルや病院を予約する）
・重要情報、重要技術の持主になる
・コロナ禍でも通い続ける常連客になる
・ペットを飼う（ペットは飼い主を必要とする。飼い主もペットを必要とするが）
・借金をする（債権者は返済する者を必要とする）
・臓器提供者になる
・指名手配犯になる

など多数ある。だが厳密に言うと、これらの場合は、その人自身が必要とされるわけではない。必要とされるのは、能力、情報、財産、労働力、臓器、血液、権力、一票、身柄だ。臓器や遺産にいたっては、死が前提になるため、必要とされているのは本人自身というより本人の死だ。

以上の例とは違って、本人自身が必要とされる場合がある。恋人とペットだ。恋人の関係は長続きしないが、ペットと飼い主の関係には飽きるということがない。浮気も離婚もない。

男とは大きい違いだ。男が家の中で邪魔者扱いされても、犬は死ぬまで必要とされ続ける。犬の命を助けるために夫の命を差し出す女が十人中六人はいそうな気がする。

男と犬はどう違うのか。犬は見た目がかわいく、性格もいい。ある人が「いつも言うことに耳を傾け、言ったことは何でもしてくれて、いいときも悪いときも寄り添ってくれる人がほしいなら、犬を飼え」と言った通りである。

実際、犬は命令しない。文句も言わない。例外的に「おい！　メシはまだか。遅いぞ」「もう散歩の時間だろうが。いつまで待たせるんだ。早くしろっ！」「こんなに遅くまでどこへ行ってたんだ！　あーっ！　よその犬に触ったな！　もう許さん！」と文句を言う程度だ（こうしてみると、わたしより文句が多い）。

ここまでは犬も男もほぼ同じだ。なぜ男は犬のように愛されないのか。男が嘘をつくからか？　正直に言うと怒られるからだ。ことばをしゃべるからか？　黙っていると怒られるからだ。芸をしないからか？　大事にしてくれるのなら、お手もするし、新聞ぐらい取ってくる。犬は放っておけないほど無力だからか？　自信をもって言うが、わたしは犬より無力だ。「甲斐性なし！」と言われる通りだ。しかも無気力だ。犬よりはるかに放っておけない。

だが女は「頼りがいのある男でなきゃ何の価値もない」と言う。そう言うから「オレについてこい」と勇ましくふるまうと、「かわいくない」と言う。男も犬を飼うしかない。犬が男を頼ってくれればいいが。

協調性から逃れられない

ノーベル賞受賞者の真鍋淑郎氏が日本に帰りたくない理由を「まわりと協調して生きることができないから」と述べた。わたしは家の中で泣く泣く協調している。そこがノーベル賞を取れない理由だろう。

日本では上司の方針にそった研究しかできない。合金触媒の研究をしている上司の下でたこ焼き器を開発するのは難しい。

予算が潤沢で職が安定していれば、多くの研究者が自由に研究できるが、日本は研究教育にかける予算が極端に少ない。投資をケチっていると頭脳はアメリカや中国に流出する。ふつう頭脳は金がないから流出するが、逆にわたしは金がないから有馬温泉あたりに流出したくても流出できない。もしかしてわたしは頭脳ではないのか？

その上、日本の社会は協調性優先の社会だ。これを打破するのは難しい。

協調性を捨てれば、ありがた迷惑の好意も断れる。

昔、大学近くの小さい食堂で、「サービスだよ」と言って中年女性の店員がカツカレーを大盛にしてくれた。心の中で「いつ見てもステキなお客さんね。どことなく淋しげで。きっと家庭的に恵まれてないのね。ふだんは他の客の目もあるけど、今日は無料でもいいのよ。負担に感じるだろうから、せめて大盛で我慢してね」と考えたに違いない。これほどの好意を無にすることはできない。午後の授業が迫っているから急いでかき込み、一日中カツカレーが腹につかえていた。

また、中華料理の店でレバニラ定食を注文したときも「サービスです」と納豆をおまけにつけてくれた。あいにくわたしは納豆と幽霊が苦手だ。店内には客はわたし一人、屈強な男の店員が四人腕組みをしてわたしを見ている。たぶん「元気がないじゃないか。せっかくいい男なんだから、食べて元気をつけてくれ」と考えたのだろう。この好意と男たちの視線に負けて一口食べてから、「大豆アレルギーなので納豆は食べられないんです」と言えば断れたことに気づいたが、遅すぎた。結局、生まれて初めて納豆を完食した。

好意を断るのは難しい。不要な土産物などをもらったときも「いりません」と断れる日本人がわたしの妻以外にいるだろうか（妻は気に入らなければどんなときでも平気で断る）。外国人は断れるのだろうか。

講演前、準備したいのに、主催者が接待してくれるのも断れない。主催者は「見るからに器が小さい男だ。接待しなきゃ怒るだろう。だれがあんなやつを呼んだんだ？」と考えてイヤイヤ接待する。双方が協調性の犠牲になっている。

また、ホメるところのない赤ん坊を見せられて、ホメないでいられるだろうか。

「うわ〜、すごく……何というか、お若いですね」

「そんな空疎なことばはいりません」

「あ、いや……あの〜……肌なんかきれいだし、まるで赤ん坊の肌みたいだ」

といったやりとりになり、関係がこじれてしまう。

友人から恋人の写真を見せられたときも同じだ。

「……太っ腹な感じだね」

「むしろ繊細でね。口うるさいぐらいだし」

「えっ、細かいのに腹が太いのか」

「お前、胴回りのことを言ってるのか？　許さんぞ」

赤ん坊には「元気そう」、恋人には「やさしそう」と決まり文句を言えるようにしておくほかない。

その他、料理をふるまわれる、家の中を見せられる、服、髪型、カバン、絵、詩、歌、演奏、小説などを披露されるときも、協調性のせいで苦境に陥ってしまう。

いっそ、「いいね👍」だけですむようにならないものだろうか。

教育がうまくいかない理由

人間は放っておくとロクなことをしない。だから親や社会がよってたかって子どもを教育する。靴のはき方、道路の渡り方から、量子の観測問題に至るまで。だが教育をしても、成果をあげるのは困難だ。子どもを思い通りに育てた人がいるだろうか？

人間を教えられるのは小学校入学前までだ。犬に教える内容と同程度なら、幼児は喜んで学ぶ。

はえば立て立てば歩めの親心で、親は子どもが歩くと手を叩いて喜ぶから、子どもが調子に乗って歩き回ると、教室、映画館、病院、斎場など、ほとんどの場所で歩き回らないでじっとしているよう教育される。結婚後は家の中を歩き回らないよう妻に教育される。

最近では、歩かないでいるのはものすごく身体に悪いと教えられる。「一時間座り続けると、寿命が二十二分縮む」とまで脅されている（そんなことをどうやって調べたのか？）。

「歩け」と言われたり「歩くな」と言われたり、もう少したてば「徘徊するな」と注意される。混乱するばかりだ。

おまけに「老人はしっかり食べろ」と言うから肉を食べると「肉ばかり食べるな」と言われ、「睡眠をとれ」と言うから寝ていると「寝過ぎると早死にする」と言われ、「日光に当たるな」と言うから当たらないようにしていると「日光に当たらないと免疫がつかない」と言われるから、何をしても死にそうな気がする。

子どもは叱られて痛い目にあいたくない一心で大人の言う通りにする。わたしと同じだ。わたしは教育に本心から従ったことは一度もない。より不快な結果を避けているだけだ。そのまま無反省に牛や馬のように生きていると、突然、「自分を主張しろ」

と指導される。だが、職場でも家の中でも、自分を主張するなと教育されている。例外は「何を考えてあんなことをしたのよ！　黙っていないではっきり言いなさい！」と叱られるときだけだ。この場合も、はっきり主張するともっと叱られる。

「他人に同調するな」とも言われるが、「同調するな」という主張に同調しないと怒られる。「個性的であれ」と言われてその気になると、「自分勝手なまねをするな」と指導される。ちょうど「Ａをしろ。だがＡをするな」と命令されているようなものだ。

次のジョークと同じだ。軍隊で「反対する者は一歩前へ出ろ」と上官に言われて、一人の男が一歩前に出た。「なぜお前は反対するんだ？」と言われ、男は「人と同じことをしてはいけないと妻に言われているものですから」と答えた。

このように教育に矛盾が含まれていたら、成果があがらないのも当然だ。だから、子どものころ「人さらいが来るぞ」と脅されて、あれほど怖がったのに、大きくなると、自分から家出するようになる。「知らない人について行くな。話もするな」と言われて育ったのに、出会い系で見知らぬ男を探してついて行く。

それでも教育は至るところで横行している。一般に女は教えたり、教わったりすることが好きだ。だが不可解なことに、女は恋人や夫から教わることは断固拒否する。知識であろうが、ゴミの出し方であろうが、死んでも教わろうとしない。

その代わり、ことあるごとに男に教えようとする。立ち居振る舞いから、生活態度、人生設計、金の使い方、食器の使い方まで、一切ゆるがせにしない。

さっきも「洗面所をきれいに使え。それから食器の洗い方が足りない」と指導されたばかりだ。心配する人がいるかもしれないが、教育されることには子どものころからなれている。「二度としません」という決然とした顔つきをしさえすればいいのだ。それが長年受けてきた教育の最大の成果だ。

準備できない

準備が苦手だ。何事であれ、前もってやっておくことができない。締め切りまでに原稿を書き始めればラクなのに、直前まで一字も書けない。地震に備えて耐震用具を買ったが取りつけていない。

子どものころから行き当たりばったりだった。登校に備えてハンカチや教科書を準備することができず、毎日忘れ物をしていた。宿題もせず、いつも怒られていた。夏休みの宿題は小学校六年間、夏休みの最終日まで手つかずだった。

なぜ準備できないのか？　以下は推理の結果である。

★親の教育が悪かった。同級生の中には、衣類やハンカチや教科書などを枕元に用意して寝る子もいたが、子どもが自発的にこんなことをやるはずがない。親がそうしつけているのだ。わたしの親は行き当たりばったりの性格だったので、準備に関しては教育しなかった。たしかに「よその子は全部枕元に用意して寝てるんだぞ」とは言ったたし、夏休みには毎日のように「宿題はやっているか」と聞いたが、それだけだった。そんな程度でわたしが行動を改めると思ったら大間違いだ。「うん」

と力強い返事をしただけで親は安心していた（いまも力強い返事には自信がある）。教育にあたっていた父親自身、株で何度も大損をしたが、「やめる」と宣言しながら死ぬまでやめなかった。教育できるわけがない。

★動物学的理由。動物には、準備する動物としない動物の二種類ある。ライオンなど大型肉食獣は、いくら長期間飢えに苦しんだ後でも、必要以上に食べないし、明日のためにたくわえたりしない。リスなど小動物はたくわえる。クマも冬眠に備えて食いだめをする（この点、クマは小動物だ）。犬は穴を掘って食べ物を埋めるが、埋めたことをよく忘れるから、不完全な小動物だ。昆虫はアリ派とキリギリス派に分かれる。人間も二種類に分かれる（ＤＮＡに違いがあるはずだ）。わたしは明日のことを考えないライオンやネコの仲間だ。ライオンとの違いは、堂々とした風格がないところだけだ（風格の点ではネコにも負ける自信がある）。

★学習能力がない。宿題を忘れても、廊下に立たされれば「これで乗り切れた」と考え、反省のかけらもなかった。よっぽど痛い目にあわないかぎり、学習しなかった。その場さえ乗り切ればよかった。小学四年生のとき、毎日昼休みに創作昔話を語らされていたが、やらされることが分かっていたのに何の準備もしなかった。教壇に立ってはじめて苦境に陥っていることを悟り、苦しまぎれに口から出まかせを語った。どんなに苦しんでも、次の準備をせず、翌日も苦しんだ。明らかに学習能力がない。ただ、わたしに向かって「学習能力がない」と言えても、ライオンのような威風堂々たる王者に面と向かって、どう見ても小物のひねこびた人間が「学習能力がない」と説教するのは滑稽でしかない。したり顔で「学習能力が欠如している」と指摘する者は反省しろ。

★「明日は来ない」と信じていた。こう言うと、「お前は、明日に延ばせることは今日するなをモットーに、何でも一日延ばしにしている。明日があることを認めている証拠だ」と言われるだろう。わたしが何でも一日延ばしにするのは、明日はどうなるか分かったものではないからだ。明日という時間が訪れないかもしれない。一瞬のうちに人類が全滅するかもしれない。そうなれば、わたしなら、命を失う直前、「一日延ばしにしていたおかげで一日分やらなくてすんだ」と考えることができるだろう。

以上の他に、僭越ながら、もう一つの可能性を追加させていただきたい。

★キリストの説いた「空飛ぶ鳥、野に咲く花を見よ。明日のことを思いわずらうな」の境地に達し、明日に備える愚かさを避けている。

碍の章

年老いているのか若いのか

誕生日だ。今年で七十七歳になる。消費税抜きなら正味七十歳だ。この年齢は年老いているのか、それとも若いのだろうか。

一年の長さは住む星によって変わる。もし水星にいたら、一年が八十八日だから、三百歳を超えている。だが土星にいたら、一年は一万日余りだから、三歳足らずだ。海王星なら一年が六万日余りだから、生後六ヶ月にもならない。地球より一年の長さが長い惑星の方が多いから、七十七歳は若い（ような気がする）。

一方、わたしがもしモーツァルトだったら、没後四十二年になる。ソクラテスなら刑死後六年だ。わたしが犬だったら、人間年齢に換算すると、「（犬の年齢＋四）×四＝人間の年齢」という公式にあてはめれば、三百二十四歳だ。こうしてみると年老いている。

実際、最近、口先だけにせよ「お元気そうで何よりです。ご無理なさらず、いつまでも長生きしてください」と言われるから、相当年老いているはずだ。

だがわたしが入居している老人ホームでは、よく話をする人のほとんどが九十歳以上の人で、「若くていいわねぇ」とうらやましがられるから、さほど年老いているとは思えない。

成熟度の上では、人間的には中学生と同程度、体力的には五歳児程度だ。電車に乗っても席を譲られることもない。だから若いとしか言いようがない。

だが外見はどう見ても老人だし、身体の不具合の原因はたいてい「加齢です」（「華麗です」と言われているのかと思ったら老化のことだった）と言われるから、年老いているはずだ。

さらに誕生日の扱いを見ると、年老いているとしか思えなくなる。誕生日を祝ってもらえないのはもちろん、そもそもわたしの誕生日を覚えている人がいない。だが捨てる神あれば拾う神あり、今年はある通販サイトが丁寧な誕生祝いのメッセージ（おすすめ商品の紹介つき）をくれた。

誕生日というものは若いほど祝ってもらえるものだ。五歳なら誕生日を祝ってくれるし、クラス全員で祝ってくれる場合もある。一方、七十七歳は「喜寿」と言われるほどだから、総力をあげて喜ぶべき歳なのだ。それなのに、七十七歳だけでなく、歳をとると誕生日は祝われなくなる。まるで歳をとるのがいけないかのようだ。

おそらく、本音は「正直言って、めでたいとは思えない。七十七歳になりたいとはだれも思わないんだから」というものだろう。

　だがこれは根本的誤解である。七十五歳の人に「七十七歳になりたいか」と聞けば、ほとんどの人が「なりたい」と答えるはずだ。それどころか百歳にでも二百歳にでもなりたいと答えるだろう。「七十七歳になんかなりたくない」と答えるのは、判断力が未熟な若者だけだ。

　誕生日にかぎらず、万事にわたってだれにも相手にされなくなると、もしかしたら自分はすでに死んでるのかと思うようになる。生きていることを思い出させようと、何度も「死にそうだ」と訴えていると、さらに相手にされなくなり、「いまにも死ぬようなことを言うから、いたわったら、いっこうに死なないじゃないか。死ぬ死ぬ詐欺だ」と思われてしまう。

　不当な扱いをただす意味でも誕生祝いが必要だ。モーツァルトには死後数百年たっても生誕記念日がある。わたしは生きているうちだけでいい。祝ってくれるなら、いまはダイエット中だが、ケーキを食べて太る覚悟はある（一番の励ましになるのは現金だが）。

　おそらく人生百年と言われる時代、七十七歳という年齢は中途半端なのだろう。こうなったら、憎まれっ子になって無視できないほど世にはばかってやる。

わざわざ旅行しなくても

ＧｏＴｏトラベル再開の動きに水をさすようだが、コロナで自粛しているうちに、旅行する意義が分からなくなってきた。

考えてみると、一番楽しいのは旅行前、あれこれ想像しているときだ。旅行先がどこであれ、現実は想像より見劣りして、幻滅を避けられない。その上、同行者との仲は旅行中、確実に悪くなる。ホテルの慣れない枕で熟睡できず、印象に残ったのは民家の塀に寝そべる猫だけだったりする。疲れきって帰宅し、「やっぱり家が一番！」を確認するために旅行しているのだ。

だが今後はヴァーチャルな旅行が主流になる可能性もある。いまやゴーグルを装着すれば、三百六十度見渡せ、ジェットコースターを体感できる。観光スポットをガイドの説明つきで見ることもできるし、質問もできる。現地の名物料理つき（自宅へ送られてくる）のプランもすでにある。現地の人と通訳つきで会話することも可能だ。

現地の空気が体験できないと言うかもしれないが、早朝、自宅の外へ出ればいい。

早朝の空気はどこも大差ない。だいたい、吸う空気の中には富士山だろうがキリマンジャロだろうが、そこの空気が一部含まれている（マリリン・モンローの吐いた息の分子もいま吸っている息の中に含まれているのだ。おっさんが吐いた息の分子も含まれるが）。

ヴァーチャルな旅行は色々なプランが考えられる。

①順調プラン　現実にはありえないほど順調に進み、ルーブル美術館など、全部見るのに何日もかかるようなところでも、中に入って一点ずつじっくり見ることができる。寝転んでドラ焼きを食べながら。

②乗り間違えプラン　ゲーム形式。エジプトを目指して乗り換えていたら南極の昭和基地に着いた、アルゼンチンに行こうとして新小岩に着いたなど、予想外の場所に到着し、そこから目的地に着く方法を考える。

③トラブルプラン　パスポート取得や出入国手続きで係員と言い争うトラブルを切り抜けるゲーム（係員の頑固さも選べる）。現地でスリにあってパスポートを盗まれた経験も織り込むことができる。警察に行ったり領事館に行ったりする途中、悪徳タクシーに遠回りされる経験まで味わえる。

④波瀾万丈プラン　旅客機がテロリストにハイジャックされ、テロリストの裏をかく作戦を立てて闘う。そこへマフィアやＣＩＡが介入し、敵味方がはっきりしない

まま疑心暗鬼の闘いを強いられる（設定でゾンビ、ウルトラマン、アンパンマンの登場も選択可能）。成り行きによっては不当な理由で逮捕され、刑務所送りになる恐れがある。

⑤予測不能プラン　どのプランなのか不明。最後まで運まかせのプラン。

【付】宇宙旅行無料プラン　仮想ではなく現実の旅行。われわれがすでに宇宙旅行中であることを自覚するだけの完全無料プラン。地球は巨大宇宙船だ。一日かけて三百六十度宇宙を見渡す壮大な観覧車、一年かけて太陽の周りを回り、太陽系全体も銀河系も移動中の宇宙船だ（宇宙ステーションは地球からわずかしか離れていないから、そこから見える景色は地上と大差ない）。ふだん地上で天体をロクに見ないで宇宙旅行をするのは、ちょうどメガネをかけているのにメガネを探しているようなものだ。

宇宙旅行の魅力は無重力状態だと言う人もいるだろう。どうしても無重力を望む人は、短時間だが、高層ビルから飛び降りれば、地面までは無重力状態だ（地面に到達して以降は、重力だけでなく何も感じなくなってしまうが、それでもいいという人限定）。

考えているうちに旅行したくなった。どんな旅行も家にいるよりマシだ。

手続きが複雑すぎる

役所の手続きには書類が必要だが、複雑難解なため、コロナ関連の助成金をあきらめた人もいるらしい。

雇用調整助成金の窓口を役所の総合案内で聞いたらどうなるか、想像してみた。

「まず入館許可願いを提出してください」

「えっ、すでに入口からこの受付まで五歩ほど入ってますけど」

「五歩もかかったんですか？　三歩か四歩がふつうですけど」

「関係ないでしょう」

「その気になれば四歩以内という規則を作ることもできますからお忘れなく」

「だいたい、入口は入るためにある。入るのになぜ許可がいるんですか？」

「他人の家や更衣室の入口はだれでも入っていいわけじゃありません。いいですね？　それでは許可なく入館したことについて始末書を提出してください。マイナンバーカードの写しも必要です。それから二度と無断で入館しないという誓約書もつけてください。言うまでもありませんが、使う印鑑は実印です。印鑑証明を添付してください」

「でもそれを提出するためには役所に入る必要がありますよね」

「それなら永久に入館できないと言いたいんですか？　したり顔でこちらの不備をついて面白いですか？」

「めっそうもありません」

「手続きはすべて郵送で行ってください。書類不備や記入もれがあると返却されますから、返送用の切手も同封してください。同封しないと焼却処分になります。書類の審査は一週間ほどで終わります」

「間違えたらえらく時間がかかりますね」

「三回間違えると一年間申し込めません」

「カフカの世界だ。人間なら間違えるでしょう？」

「間違えれば痛い目にあう。それが規則です」

「規則をふりかざすんですね。子どものころから苦しめられてきたんだ。『さっきツチヤ君が土足で廊下を走ってました』と先生に言いつけた小学生もそうだし、『なぜ襟のついたブラウスを着ないんですか』と聞いたら『首がないのよっ！　失礼ね！』と言って激怒した同僚もそうだ。『失礼』は『礼儀という規則に反している』ということだから、規則違反を摘発しているのと同じです」

「摘発して何が悪いんですか？　警察は摘発しますが、不要だと言うんですか？

摘発される方が悪いのではありませんか？」

「間違って摘発することもあるでしょう」

「えん罪ですか？　えん罪があるからといって、警察はいらないんですか？」

「昔、勤めている大学の図書館に入ろうとしたら『関係者以外、入れませ～ん』と学生に注意された」

「見るからに品格が図書館に合わないんですよ」

「見た目で入れない規則なんてあるはずがない」

「ゴジラは入れないでしょう？　見た目でゴジラだと判断するしかないのに。それに規則は明文化されているとはかぎりません。エチケットとか。必要なら明文化すればいい。とにかく、規則が気に入らないなら手続きはあきらめて下さい」

「だれがこんな手続きを決めたんですか？」

「正式な答えを求めてるんですか？」

「もちろんです」

「それなら正規の手続きをとってください。どこまで開示するか会議で決定されますから。理由は千字以上書いてください。書類が全部で五種類必要です」

「それならもういいです」

「デタラメでよければすぐにお答えできます。申込書一通だけでかまいません」

「結構です！　雇用調整助成金がもらえると思って来たのに、手続きで門前払いされるとは思わなかった」

「ここは区役所です。雇用調整助成金は労働局です」

格安品を買う人へ

存在も知らなかった商品を格安だからという理由で買うことがある。その場合の注意点をアドバイスする。

ある日、大きい荷物が届く。ネット通販の期間限定セールで格安だったのだ。胸がときめくが、賢明なら反省する。このときめきは物欲の亡者になった証拠だ。高みを目指すなら軽蔑すべき感情だ。自分は賢明でもなければ、高みを目指す気もない卑しい人間でよかったと安堵する。

ただ、こんな大きい物体が狭い部屋の空間を占めていいのか。手数料を払ってでも返品すべきだと思う。

しかし食器棚は大きい空間を占めるが、食器が片づいて使える空間が増える。しかも、届いた商品は、モニター・アームといって、パソコンのモニターを宙に浮かせ、机の上の空間を増やす道具だ。これによって机の上の二十センチ四方が使えるようになる。こんなに大きい物を使ってたった二十センチ四方かと思うだろうが、それだけあれば、カップ麺と食後のドラ焼きが置けるし、食べ終われば、ミステリを置いて読むことも、キーボードを外せば突っ伏して寝ることもできる。

　昔のモニターはブラウン管だったが、液晶になって薄く軽く進化した（対照的に、わたしの軽薄さが評価されないのは遺憾である）。

　だが欠点が残っている。画面が見えにくいときは顔を近づけなくてはならない。なぜかというと、目だけを近づける方法が分からないからだ。首を酷使する結果、肩凝り、頭痛、勤労意欲減退、食欲昂進、内臓脂肪増加、集中力低下、悪玉コレステロール上昇、視力低下、血圧上昇、記憶力低下、妻増長、夫萎縮などの弊害を生み、わたしの試算では、寿命が三年八ヶ月二十九日五時間七分縮まり、百二十六歳までしか生きられない。アームでモニターを顔に近づければ、これらの不都合が解消し、寿命は八分ほど延びる（適正に見えるよう試算結果を修正してある）。

　こんな理屈を考える暇があったら返品すべきだが、あくまで返品せず、梱包をとくと、モニターを支えるアームが現れるはずだ。ずっしり重い。不要になったら捨てるのに困るシロモノだ。捨て方が分からなければ、いまのうちに返品しよう。

　驚きはここからだ。アームを取りつけるとモニターは色んな方向に動くはずだが、アームを動かしても可動部がビクともしない。このまま取りつけると、モニターが真下を向いたまま動かないことになる。これだとどんなに首を不自然に曲げても画面は見えない。

インターネットで調べると、同じ問題に直面した人が多数見つかる。実際にモニターを取りつけると動くらしい。そんなバカなと思いつつ、実際にモニターをアームに取りつけてみると、不可解にも動くから不可解だ。だが喜ぶのは早い。アームを机に取りつけるためにクランプという万力状の物が同梱されている。机の天板を挟む道具だ。だがいま使っている机の天板の下側には引き出しや補強材があり、必要な七センチがとれない。

こうなると机に穴を開けてアームをネジで留めるしかない。この段階で返品しても遅くはない。だが、ここで撤退したらこれまでの苦労が無駄になると愚かにも考え、机に穴を開ける道具をネットで注文する。

道具が届いたころには、穴の位置を決めるのに疲れ果て、二十センチ四方の空間への熱意は失われ、商品は段ボールごと部屋の片隅に移動している。

段ボールは見ないようにしているが、偶然目に入るたびに後悔と罪悪感に襲われる。

こうなりたくなければ、期間限定セールを見てはいけない。見ても、格安品を買ってはいけない。万一買ったら返品すべきだ。

期間限定セールがまた始まった。とても気になる。

告白します

わたしは恥ずべき男です。

セルフサービスの喫茶店でコーヒーを受け取り、席についた瞬間、イヤな予感がしました。斜め前方に座り、背景に溶け込んで目立たない男。間違いありません。あの男です。

数ヶ月前、この店の入り口の消毒スプレーの操作を誤り、横の席に座っていた男にスプレーを噴射してしまいました。三回も。男は困ったような恨むような表情でわたしを見ていましたが、一言も言いません。その表情を見て、わたしと同じタイプだと確信しました。喫茶店に入っても店員に気づかれない影の薄いタイプ、被害を受け慣れているタイプです。だから、セルフサービスの店を選び、だれも座りたがらない入り口脇の席に座っていたのです。

そのときわたしは一言も謝罪せず、気づかないふりをして店を出ました。しかしその男と目が合ったのですから気がつかないはずがありません。それに「どうせ被害を受け慣れている男だ」と男を軽視する気持ちがどこかにあったことも否定できません（わたしが被害を受けやすいのも同じ理由からです）。折にふれて男の表情を思い出すたびに、謝罪もしないで軽視した自分を責めてきました。

その男がいま、わたしの席の斜め前方に座っているのです。印象に残らない顔ですが、まぎれもなくあの男です。影の薄い男らしく、店の奥の目立たない席に座り、背景に同化しています。よく見つけられたものです。席についた次の瞬間、その男と目が合いました。

いま思えば、すぐに駆け寄り「あのときは申し訳ありませんでした」と謝る絶好のチャンスでした。ただ、「なぜあのときに謝らなかったのか」と問いただされたら何と言えばいいでしょうか。「壁だと思った」「ブラッド・ピットの写真に消毒液を噴射したのかと思った」と答えても、通用しないに決まっています。第一、それならなぜ謝罪するのか説明できません。

いくら考えても謝罪のことばは思いつきません。ふだん謝罪ばかりしているのに、いざとなると出てこないのです。時間はどんどんたっていき（実際には数十秒ですが）、謝るタイミングを逸してしまいました。

こうなったら気づかないふりを通すしかありません。さきほど目が合ったと思いましたが、気のせいかもしれません。たとえ目が合っても、だれだか分からないことも十分ありえます。男が何か言ってきても、だれなのか、何のことなのか、分からないふりをしよう、いざとなれば認知症のふりをしようと心に決めました。

しかしよっぽど動揺していたのでしょう。手がふるえてコーヒーを大量にズボンにこぼしてしまいました。淹れたてのホットコーヒーのあまりの熱さにうめき声がもれかけましたが、どんなことをしても男の注意を引いてはなりません。必死に声を最小限に抑え、「うっ」にとどめました。洗濯したてのジーンズはあっという間にコーヒーを吸い、シミが広がっています。

謝れないことが決定的になりました。立ち上がるとズボンのシミが目立ちます。客からは「老人だから仕方がないのかもしれないが、小便も我慢できないのか」と思われるに違いありません。当たっているだけに、いたたまれません。

わたしは座ったまま、何食わぬ顔でコーヒーを飲み干し（何の味もしませんでした）、ズボンの前をカバンで隠して店を出ました。二度とこの店には来られないと思いながら。そしてわたしが不幸に見舞われたことをもって謝罪に代えてほしいと願いながら。

帰宅するとズボンのシミが妻の目にとまり、叱責されました。

いまはただ、男とわたしの幸せを祈るのみです。

今年はどんな年になるか

去年一年、何をなしとげただろうか。思い出そうとしても、記憶力が衰えたのか、挫折した記憶しかない。挫折ばかりだったのなら、統計を取り始めてから連続十二年目の挫折だ。

挫折は三つある。

①片付け　部屋を片づけられなかった。だが悲観はしていない。要支援の認定を受ければ、ヘルパーさんが週に一回掃除に来てくれるらしい。そうなれば乱雑なところをヘルパーさんに見られたくない一心で、事前に掃除をするようになる。要支援に認定されるのを待てばいい。

自力でも一念発起すれば、二、三日か、二、三ヶ月で部屋は片づけられる。一念発起するのにかかる時間は二、三年から二、三十年みておけば十分だ。一度片づければ十年はもつ。

②ダイエット　方法は簡単だ。運動と食事に気をつけるだけでいい。だがわたしはこれまで運動と食事に頼らない第三の方法を模索してきた。念力法（「脂肪よなく

なれ」と念じる)、思い込み法(「激やせした」「十キロ走った」「このとんかつは実は大根だ」などと思い込む)、自然道(はからいを捨て、自然に身をゆだねる)などだ。いずれも失敗に終わったから、もう少し第三の方法を探った後になったら、運動と食事に的が絞れる。

食事は、身体にいい食べ物と悪い食べ物を簡単に判別できるようになった。わたしが食べたい物は身体に悪く、食べたくない物は身体にいいのだ。目下、「食べたくない物を食べるのは身体に悪い」という仮説を検証中だ。

運動は不足しているが、代わりにさまざまな努力をしている。禁煙、禁酒、禁昆虫食、禁マラソン、禁重量挙げ、禁万引き、禁冬眠、禁永眠などだ。これだけのことをしていれば、ある程度運動不足を帳消しにできそうな気がしている。

③脱依存　三十年前、奇跡的に禁煙に成功したことで意志の力を使い果たしたのか、それ以来、意志を行使したことがない。

人間は、依存しやすくて好感の持てる人と、依存しない感じの悪い人の二種類に分かれる。わたしは重度の依存体質で、過去、タバコ、ギャンブルをどうしてもやめられなかった。酒が飲めたらアルコール依存症、コールタールが飲めたらコールタール依存症になっただろう。すでに酸素、水、睡眠に依存している。

最近、スマホに依存する人が増えているが、依存体質のわたしが見逃すはずがない。最近スマホが手放せず、仕事に支障が出るまでになっている。重症だ。

先日、友人からスマホ依存を脱却する器具を教わった。タイマーで設定した時間だけロックされる容器だ。これにスマホを入れて時間をセットするとその時間は絶対に開かないらしい（容器は数千円するため、もったいなくて壊せない）。それを使った人から「スマホを知る前の本来の自分を取り戻せた」などと喜びの声が上がっている。

ただ、わたしがその容器を買って「本来の自分」を取り返しても、スマホが出現する前からロクでもない人間だった（ロクでもない人間だからスマホに依存するのだ）から、以前と同じぐらいくだらない自分を再発見するだけだろう。

それに、仕事をするわたしを誘惑する物は、スマホ以外に多数ある。テレビ、ピアノ、ギター、トランペット、まだ始めていないが乗馬、ヨット、ゴルフ、花札などがあり、それらを全部入れる巨大容器が必要になる。それらを全部封印しても、やるべき仕事から逃れるためなら、掃除でも何でもやるに決まっている。本気で依存を断ち切るなら刑務所に入るしかない。

以上、考えてみると、今年大きく変化する要素がない。今年も挫折の年になりそうな予感がしてならない。

セルフ・カットへの挑戦

謙虚すぎるため、ふだん忘れているが、わたしはビジュアル系である。ハンサムというにとどまらず、見るからに知的で上品、優雅で高潔な印象を与えるはずである。

しかるに現実には「ビジュアル系だ」と言うと鼻で笑われるまでに不当な評価を受けている。もてる魅力の四割は写真で失われ、残りの魅力の五割は髪型で失われている。髪型が問題だ。

たかが髪型ごときにこだわるのは小人物の証拠だと思うかもしれないが、そう思う人は、自分の髪型を日本髪やお下げにされても平気なのだろうか。髪には生物学的・社会学的意味がある。ボスになるライオンのたてがみは立派だし、ボスのゴリラはシルバーバックだ。人間の髪型も社会的意味をもち、「オレはボスだ」「オレは不良だ」「オレは僧侶だ」「拙者は浪人だ」「オレは力士だ」「わらわは姫じゃ」などのメッセージを発している。その中で「取るに足りない男です」「軽視してもかまいません」という誤ったメッセージをわたしは発しているに違いないのだ。そう思う理由は、わたしを一目でも見た人から、ぞんざいな扱いを受けるからだ。取るに足りない男だという機密情報を、髪型以外にどうやって知ることができようか。ぜひとも髪型を改善する必要がある。

歳を取ると、毛髪に顕著な変化が生じる。まず毛髪から色素が抜けて白くなる。だが色素が抜けたからといって毛が抜けたわけではない。むしろ毛髪が白くなるのは毛がある証拠である。色素にしても消滅したわけではなく、肌に移動してシミになっているのだ。

色素と前後して毛が抜ける。毛が抜けても、悲観することはない。頭が抜けたわけではない。毛が完全に抜けるまで毛は伸び続けるため、定期的に髪型を整える必要がある。

似合わない髪型に終止符を打ってやる。これまで数え切れないほど散髪してもらったが、心から満足したことは一度もない。自分でカットするのだ。

インターネットには自分でカットする方法を解説した動画が無数にある。それを見て研究していると、つい失敗例ばかり見てしまう。ただ、失敗例といっても、笑い転げるような失敗例は二、三しかなく、気になるような深刻な失敗は見当たらない（気にならない主な理由は、他人の身に起こったことだからだ）。失敗しても大したことはないことに意を強くして、果敢に挑戦した。

実際にやってみると難しいことが判明した（難しそうなことには最初から手をつけないが、簡単そうなことは実際にやってみるとつねに難しい）。後頭部は鏡では見えず、鏡で見える部分も、ハサミと髪の毛の前後関係が分からない。目が二つあるのは奥行きを認識するためだと教わったが、手前から「刃・毛・刃」の順に並んでいるかどうかがはっきりしないのだ。

そこで電気バリカンを買った。一定の長さに切れるよう、色々な長さのアタッチメントがついている。失敗しようがない。

そう思って始めたが、次第にまどろっこしくなって、短いアタッチメントで迅速に一時間ほどでカットを終了した。その結果、全体に三センチほどの長さの職人刈りの出来損ないのような斬新な髪になった。

わたしのいる老人ホームの女性から、この髪型にさまざまな感想が寄せられた。「前から見ると許せる」「すぐ伸びるわよ」「整髪料をつければ大丈夫（冗談かと思ったが、翌日整髪料を頂戴した）」など慰める声ばかりだ。これで失敗したことがはっきり分かった。

こうして、もてる魅力の八割が失われたのである。

一流との差

子どもの遊びを見て思うが、何が面白いのだろうか。キャッチボールをしても、ボールを捕まえることができず、一方が投げたボールを決まって後逸し、それを拾いに行って投げると相手もボールを後逸する。互いに球拾いを延々やっているのだ。バドミントンもサーブした羽根を拾えず、互いにサーブし合うだけだ。

わたしの子どものころを思い出すと、そういうときは「一流選手がやっていることとほぼ同じだ」と考えていたように思う。投げる動作、グローブなどの道具といったわずかな共通点を手がかりにして、大胆にも「一流選手とほぼ同じ」と思い込み、「冷静に見ればいまは未熟だが、大人になれば希望通り横綱にでも忍者にでもなれる」と思っていた。実際、スポーツをしている子どもに将来の希望を聞くと、「大リーガー」「金メダリスト」などと答えるが、その根底にも同様の考えがあると思う。

無条件で何にでもなれると考えているわけではない。「大人になる」「必要な練習をする」などの条件を満たすことが必要である。それを満たせば、自分と一流選手との間に大きい違いはないと考えるのだ。

それだけではない。「将来何になりたいか」と聞かれたとき、子どもは「ドラえもん」「ネコ」「ケーキ」「自転車」などと答える。「将来希望すれば」人間以外のどんな物にもなり放題だと考えているのだ。

こういう考えは大人になれば卒業すると思われるかもしれない。実際、大人になってみると、一流との差は思った以上に大きいことに気づく。だがその差は乗り越えられないほど大きくはない。「練習の時間があれば」「コツさえつかめば」といった条件が成り立てば、憧れのレベルになるのは不可能ではないと考える。

だがそんなことではとても追いつけないほど差があると気づくときがくる。草野球をしていたとき、ある男が放った度肝を抜く速さのゴロを見たとき「次元が違う」と思った（その男はプロ野球選手になったが、鳴かず飛ばずに終わった）。だが、圧倒的な力の差を目の当たりにしたときでさえ、「わたしが憧れの人物と同じ親から生まれていたら」あのレベルになれた、と「親ガチャ」的に考える。現実にはない状況のもとでは同等だと考えるのだ。つまり「現実には成り立っていない条件が成り立てば」という無茶な想定までして、一流との距離を縮めようとするのだ。

だが、わたしがかりに「藤井聡太竜王の両親から生まれていたら」同じ活躍ができていたのだろうか。

そんなことはない。藤井竜王のお兄さんはたぶん棋士ではないから、同じ両親から生まれても同じ活躍ができるわけではない。

わたしが藤井竜王の兄弟だったら、将棋そっちのけで、藤井竜王のサインを一枚五百円、生写真とセットにして五千円で売りさばいていただろう。

たとえ藤井竜王とＤＮＡが同じ一卵性双生児だったとしても、同じ活躍ができるか疑わしい。わたしなら、一回千円の握手会を開いて稼ごうとするだろう。

このように、親が同じでもＤＮＡが同じでも、同じ活躍をするにはそれだけでは不十分なのだ。

正確に言うなら「藤井竜王と同じ活躍ができる才能があれば」と言うしかない。つまり「藤井竜王と同じ活躍ができる才能があれば、藤井竜王と同じ活躍ができる」と言うしかないのだ。だが、そんな当たり前のことを主張して何が面白いのか。第一、「わたし」はどうなったのか。無関係になっているではないか。

それ以前に、藤井竜王の両親から生まれたと想定できない理由がある。わたしは藤井竜王の両親よりずっと年上だ。

若者へのアドバイス

長く生きていると、どんな人間にも多少の知恵はつく。限りなく賢くなってしまいそうだが、心配無用だ。ボケも入ってくるから賢くなりすぎることはない。

しかもわたしは、経験は積んでも失敗ばかり、幾多の失敗から何も学ばない。そこまで厳しく自分を貫いてきた。その立場からアドバイスをしたいと思っているが、だれも求めないから、勝手に答える。

★「人の目が気になります」 どんなに悪く思われても心配無用。そのうち慣れる。慣れの力は強力だ。どんなまずい物でも毎日食べていれば、「まずい」と思うのは十回に七回までになる。狭い家も住み続けていれば慣れてくる。広大な邸宅を見ても「あんな家は自分には無関係だ」と反射的にあきらめるようになる。
さらに時間がたてば、他人からの低評価に対して「どいつもこいつも見る目がない」と考え、ゴッホなど不遇の生涯を送った天才に共感するようになる。

さらに歳をとれば、自分に関心を払っている人はいないことが判明する。派手に転ぼうが、ズボンのチャックが開いていようが、散髪に失敗しようが、他人は笑うだけ笑った二分後には、食べていたどら焼きに注意を戻すのだ。内面に至っては完全に無関心だ。ちょっとした一言（「ツチヤっていい男だと勘違いしてるのよ。バカねぇ」）にわたしがどれほど傷ついているか、だれも気にしない。軽い気持ちで思ったことを口に出しているだけだから、二分後にはどら焼きに注意は戻っている。関心を寄せても二分間だけだ。

★「熟睡できません」　若者なら徹夜麻雀をするために眠らずにいる方法を模索しろ。野生の動物を見よ。キリンは二十分しか眠らない。立ったままでだ。それでもあれだけ大きく育っているのだ。

わたしは最近二、三時間おきに目が覚める。「オレは子育て中のママか？」と勘違いするほどだ。小刻みの睡眠は健康に悪いといわれるが、上質な睡眠をとるには、三時間前までに夕食を終え、カフェイン、アルコール、コールタールをひかえ、二時間前にはスマホ、パソコン、スパコン、合コン、重婚をやめ、九十分前にぬるめの風呂に入り、ストレッチして、心穏やかに過ごさなくてはならないという。危篤でもないのに絶対安静を要求されるのだ。そんなことをしてチマチマ細く長く生きるより、男らしく太く長く生きろ。

★「長生きの秘訣を教えてください」　若者なら長生きなど軽蔑しろ。子どもや老人のためになげうつのが若者だ。不幸にも命をなげうつ機会に恵まれなかったわたしに代わって、弱者のために命をなげうってほしい。

寿命は人間の力の及ぶものではない。おそらく長生きの秘訣は「長寿の両親の間に生まれることだ」というものだろう。長生きすれば言いたい放題だから、「運動をせず、毎日タバコを二十本吸い、酒を二合、脂身の多い牛肉を食べる、これが長生きの秘訣だ」と答えても、だれも文句は言えない。これとは逆に「長生きの秘訣は、タバコにも酒にも女にも手を出さなかったことだ。十歳まで」とふざけてもよい。

わたしは老人ホームの中では青二才扱いされているから、語るのもおこがましいが、長生きの秘訣を聞かれたら言おうと決めている答えがある。それは「秘訣は、死なないことだ」という答えだ。これは昔、DeNAのラミレス監督が6－0で巨人に負けたとき、記者に「何が足りなかったんですか？」と聞かれ、「7点」と答えたのにならった答えだ。

最後に一言。老人のアドバイスには耳を貸さないことだ。アドバイスしたがる老人になるのが関の山だ。

捨てられない

歳をとって生活が変わると、必要な物も変わってくる。不要な物を捨てようと思って点検してみた。

客は来ないから、セット物の食器も客用ふとんも要らない。正装で外出することはなくなったからちゃんとしたコートも要らない（幸いちゃんとしたコートはもっていない）。あらたまった席に出ることはないからスーツもネクタイも不要だ。教養を身につけるのはあきらめたから教養書は要らない。細かい活字が読めなくなったから細かい文字の辞書も要らない。だがこれらは今後、宝くじを当てる、ノーベル賞をもらうなどで交遊関係が激変したり、画期的な老人用目薬が開発されるなど、生活スタイルが一変すれば必要になる。

いまの生活で必要な衣類は、パジャマ、下着、喪服ぐらいなものだ。最近、パジャマになるスーツが発売されたが、ついでに喪服になるパジャマを発売してほしいものだ。欲をいえばパワースーツもほしい。簡単に重い物を持ち上げられるように衰えた筋肉を補強するためだ（重い物を持ち上げることはまずないが）。

一見不要に見える物もある。たとえばネジ、ナット類だ。ネジ一個が必要になったらどこで買えばいいのか。本箱を組み立てたときに余ったネジもある。一個余分に入っていたのか、どこかに使わなくてはならなかったネジなのか不明だから捨てられない。

使っていない古い目覚まし時計も捨てられない。時計はスマホ、電子レンジなどに表示される時計も含め、家には全部で十個以上あるから不要だと思うかもしれないが、大災害で電源がすべて失われる可能性がある。数ヶ月もすれば電池も切れる。そうなったとき必要になるのが機械式時計だ。うちにある目覚まし時計は壊れているが、分解すれば直る可能性がある（分解して直ったことはないが）。分解には極小ドライバーが必要になるから、それを買っておかねばならない。分解すると「分解して組み立て直すとネジが一個余る」というマーフィーの法則により、ネジが一個余るはずだ。そうやって獲得したネジがすでに三個ある。一個は本箱を組み立てたとき、一個は昔テープレコーダーを分解したときに入手したもの、他の一個は道端で拾ったものだが、たぶんだれかが分解して得たものだ。

ほしい人に譲ろうと思って捨てられない物もある。手入れが面倒な加湿器、インクが高価なのにすぐインク切れになるプリンタ、クッションがきかなくなった椅子などだ。

壊れた物なら捨てられると思うだろうが、ことはそう簡単ではない。たとえば鍋はめったに壊れないが、把手が取れたら捨ててもいいだろうか。鍋としては使いにくいが、破れた下着を中に詰めてかぶれば堅牢なヘルメットになる。だから破れた下着も、鍋を頭に固定する紐も、紐を保管する空箱も捨てられない。

用途がなくても貴重品は捨てられない。わが家には美術品や骨董品はないが、昔書きとめたメモやノートがある。これらはアイデアの宝庫だ。正確に言うと、誤ったアイデアの宝庫だ。厳選して大きい段ボールに一箱分ある。卒業証書、宅地建物取引士の証書も必要はないが、捨てるには抵抗がある。将来、自分が学校を出たのかどうか自信がなくなったときに必要だ。

自分の身体も必要なものばかりとはかぎらない。爪や毛髪の伸びた部分、腹の脂肪、がん細胞、シミ、アカ、フケ、アルツハイマーのもとになる脳内のアミロイドベータ、過剰なコレステロールなどだ。ただ、これらも将来、生命維持に必要な物だったという知見が得られるかもしれないから、不要とは言い切れない。

以上すべてを必要とするのはわたしである。必要品の元締めであるわたし自身が不要だということがあっていいわけがない。

なぜ太るのか納得できない

体重が増えた。時期ははっきりしないが、今より十キロ少なかったころから十キロも増えた。食事は一日二回に抑えている。それなのになぜ太る一方なのか。納得できない。

「水しか飲んでいないのに体重が増える」と言う人がいるが、科学的にありえない。たぶん実際には食べた物を消化すると同時に食べた記憶を消去しているか、食べるときに意識を失っているか、飲んでいる水が超高カロリーかだろう。ちょうど「家事を受けもっているのに、何もしないと言って妻に怒られる」と嘆く男が、実際には全自動洗濯機のスイッチを押して、ゴミ袋を出すだけだったりするのと同じである。

わたしの場合、水以外に多くを摂取している。痩せるためには生きていなくてはならず、生きるには食べなくてはならない。昨日もステーキを食べた。ふつうの家庭で食べるような貧弱な肉ではない。スーパーで買った厚さ五センチのステーキ肉だ。それでも食後には不満が残った。考えられる理由は二つある。①五センチでは満足できない贅沢な身体になっている、②食べた肉が厚さ五センチ、縦八センチ、横五ミリだった。

最近、朝食はコンビニのカツサンドだ。これで不可欠の栄養素（タンパク質、脂肪、炭水化物）をとっている（これにビタミン、ミネラル、コーラ、羊羹、ラーメンを加えると八大栄養素になる）。

カツサンドのカロリーは、パンを十斤食べたと思えば無視できるほど少ない（同様に、もちを二個や三個食べても、もちを二百個食べることを思えば無視できる。しかも「今日は節食した」という達成感が得られるから気分よく食べられる。これがわたしの「想像によるダイエット」だ）。

カツサンドの量は少ない。デザートで補う必要があるほどだ。デザートはスナック菓子と極小みかん三個だ。普通の大きさのみかんに換算すればわずか二個半だ。

こんなに我慢していると、いつリバウンドがくるか不安になる。リバウンドを避けるためには、我慢もほどほどにしなくてはならない。それに「一切の楽しみを捨てて、人生楽しいか？　一切の楽しみがないのだから楽しいわけがないはずだ」という根本的疑問を抑えるためにも、過剰な我慢は禁物だ。そこで三日に一回程度、スーパーで買ったコロッケを一個食べている。

夕食は肉がメインだ。食材が偏らないように、牛肉、鶏肉、豚肉のローテーションだ。本当は神戸牛、松阪牛などのローテーションが望まれるが、予算がない。食後はコーヒーを飲む。コーヒーは苦いが、コーヒー一杯につき、乳脂肪分の最も多い生クリームをポーション二個、砂糖をスプーン一杯しか加えない。これを一日二杯ないし三杯飲んでいる。砂糖とクリームだけではコーヒーの苦さを消すには足りないから菓子パンも必要だ。

「苦いならコーヒーをやめればカロリーの節約になる」と言われるかもしれないが、コーヒーの効能を知っているのだろうか。

効能には①覚醒効果（わたしは仕事にとりかかろうとすると眠くなるから貴重な効能だ）②リラックス効果（コーヒーのおかげでリラックスしてよく眠れる）③脂肪燃焼効果（まさに求めているダイエットの機能だ）④消化促進効果（消化が進めば次の食事もたくさん食べられる）⑤コーヒー豆業者をうるおす効果などがある。これだけの効能を無視できるだろうか。

このようにパンを十斤食べるわけでもなければ、もちを二百個食べるわけでもない。生命維持に必要最低限の物しか食べてないのに、なぜ太るのだろうか。納得できないまま、二個目のドラ焼きをほおばった。

努力しないで意志を強くする方法

ダイエットや健康的な生活を目指してもまず成功しない。意志が弱いからだ。ふつうの解決法はこうだ。

まず完璧な計画を立てる。朝は六時起床、食事は野菜中心に腹八分目を厳守し、最低三十分は歩き、本を一冊は読み、スマホとテレビは見ない。明日からは生まれ変わるぞと固く誓って寝床につく。

翌日、起きると十時だ。この失敗を挽回するために散歩しようとするが、非常に寒い日で、喉にかすかな痛みがあることに気づく（歳をとると、身体の痛いところ、具合の悪いところを探すのが主な仕事になる）。無理をすると取り返しのつかないことになる恐れがある。

散歩は自重し、天気予報をテレビでチェックすると、天気の変化はなさそうだ。念のためにスマホでもチェックし、ついでにニュースをチェックして、地震、災害、政変、戦争などの重大事が起こっていないことを確認する。重大事ならウォーキングどころではない。

緊急事態に即応できるようにテレビをつけっぱなしにして、非常時に対応すべく多めに食べる。食べ終わると、眠くなり、二度目の睡眠をとる。

こうして前日の決意は雲散霧消してしまう。同様の例は多い。タバコや酒やゲームやギャンブルや過食やスマホがやめられない、いつまでも片づけられない、礼状を書くのに二ヶ月かかるなど。意志が弱いために自堕落な生活から抜け出せないのだ。

強固な意志をもっていれば、悩みは解決する。わたしは意志を強化するために血のにじむ努力を払っては苦汁を飲まされてきた。

だがこれは失敗に終わる運命にある。モテようとすると痩せる必要があり、痩せるにはダイエットが必要だが、ダイエットを貫くには意志が強くなくてはならず、意志を強くするには意志を強くしなくてはならず……と最終的に堂々巡りになって永遠に解決しないのだ。

だが意志の力に頼らずにこれをいっきに解決する方法がある。

人体の中では血圧、血中酸素、血液の酸性度、体温など多くがほぼ一定に保たれている。食べて血糖値の上昇を感知すると満腹中枢が信号を出して食欲が抑えられる。夜眠くなるのは睡眠を促すホルモンが分泌されるからだ。これらの機能は意志とは関係がない。

これらの機能を人為的に強化すればいい。体内の化学物質をコントロールするのだ。血糖値をもっと精密に感知し、満腹中枢の信号を強化してより強力に食欲を抑えれば体重は適正に保たれ、ダイエットは不要になる。夜になるとより強い睡眠ホルモンが出れば早寝早起きは簡単だ。また、ダイエットにしろ、ウォーキングにしろ、片づけにしろ、仕事にしろ、それらを実行すると脳内のドーパミンなどの快楽ホルモンが分泌されるようになれば、だれもが嬉々として健全な生活を営もうとするだろう。

人体の機能を人為的にコントロールすれば意志の力も努力も不要になるのだ。必要なのは科学技術の進歩である。

今後、科学技術がもう少し進歩すれば、意志薄弱に悩むことから完全に解放され、意志強化のための地獄の特訓も滝行も不要になる。

「そんなやり方は自然に反する」と思う人もいるかもしれないが、すでにもっている身体の機能を補助・強化するだけだから、反自然的な要素は何もない。入れ歯や眼鏡の延長にすぎないのだ。

だが実は、真の問題はここからだ。かりに将来、この技術が確立して、注射一本で思い通りの機能を身につけることができるようになったらどうするだろうか。

注射を打って健全な生活を送ろうとするだろうか。

むしろ注射は断って、酒やタバコや暴飲暴食を楽しみ、仕事や片付けを一日延ばしにし、テレビやスマホ漬けの自堕落な生活を選ぶような気がしてならない。

模倣がすべて

模倣は人間社会の基本である。ことばも食生活も文化も先人の築いたものを模倣することから始まる。

ただ、犯行を模倣したり、貨幣や免許証を偽造する者がいる。模倣するなら、藤井竜王や大谷選手を真似てもらいたい。それが無理なら、ミミズか電柱の真似でもしてもらいたい。

模倣が難しい場合は多い。わたしはときどき、落ち着きのある人物になりたくて、のんびり草をはむ牛の真似をしようと思うが、いくらがんばっても、草をはむ牛の背中にしがみついて一生懸命血を吸っているダニの真似にしかならない。

ダイエット法の一つに、やせた人の行動を模倣するというものがあるらしい。それが功を奏するなら、富豪になりたい人は富豪の行動を模倣すればよい。運転手つきの高級車に乗ってゴルフに行き、スイートルームに一泊し、翌日会社に行って社長室の椅子に座って新聞を読みながらまどろむ（社長が何をしているのか知らないため、ここまでしか想像できない）。だが社長を真似ようにも、新聞を読みながらまどろむ部分しか真似ができない。

健康な人の真似をするのも難しい。何キロも息を切らさず歩き、早寝早起きしなくてはならないから、わたしには無理だ。その代わり、寝たきりの病人なら完璧に真似る自信がある。

模倣にひと工夫加えるのも面白い。白髪を金髪に染めるように、入れ歯や差し歯も、白い歯の単純な模倣ではなく、ネイルのようにカラフルにしたり、サメの歯のような形状にするなどの工夫をする余地がある。

工夫を加えて模倣すれば、芸術に近づいてくる。わたしの考えでは、芸術は「ゼロからの創作」ではなく、三つの過程から成り立つ。①先人の作品をすばらしいと思う②それを模倣する③それに変形を加えるの三つだ。完全な独創というのは幻想である（この言い回しもだれかのパクリである）。

わたしがエッセイを初めて発表したとき、文体を模倣されるだろうと思ったが、いまだに模倣する人は現れない。思うに、①の「すばらしいと思う」過程が障碍になっているのだろう。芸術の第一歩は、正しく評価する目をもつことだとつくづく思う。

変形による創作の一例を示そう。『桃太郎』を元にして物語を創作する場合、川上から流れてくる桃を、メロンやスイカに変えてもパクリとしか評価されないだろう。おじいさんが川上から流れてきても川下から流れてきても、桃の中から鬼が出てきてもパロディだと思われるだけだろう。

創作だと思わせるには、大幅な変形が必要だ。例えばこうだ。

数十年前に打ち上げられた人工衛星が落下し、中から暗号が刻まれた金属板が発見される。言語学者、数学者、生物学者らが集められ（サル、キジ、犬に相当する）、暗号が解読されると、「ヨメのバカ！」で始まる奥さんや上司の悪口が書きつらねてある。「なんだ、個人的な悪口か」と失望しつつ読み進めると、化学式が書いてある。生物学者がそれを見て一驚し、「新型コロナウイルスのＤＮＡだ！　これがあればウイルスが作れる！」と叫ぶ。さらにその後に書いてある化学式がワクチンの設計図であることが判明する。コロナウイルスは生物兵器だったのだ。それを作った犯人探しが始まり、見つかった犯人は、山へ柴刈りに行っていたおじいさんだった。ウイルス研究者だった彼は、上司のパワハラで田舎に飛ばされ、復讐のためパンデミックを引き起こし、その後、人工衛星に秘密を入れ、柴刈りに行ったついでに打ち上げたが、数十年後に落ちてきたのだ。本当の鬼はまさかのおじいさんだった。

男があこがれる物

オモチャの刀がほしくて泣いてせがんだ子どものときから、あこがれている物がある。刃物だ。

数十年前に買ったナイフは、鉄板に突き刺さったと書いてある小説を読み、どうしてもほしくなったのだ。鉄板に突き刺す必要はないが、鉄板を通すのなら、大根だって紙だって切れるはずだ。そう思って購入し、紙を試し切りした（カッターナイフの方がよく切れた）後、刃が鈍《なま》らないよう、何も切らないで大切に保管し、現在行方不明だ。たぶん妻が護身用か、考えたくないが、攻撃用に隠し持っているかもしれない。

高級な刃物は高価だ。日本の包丁はスゴいと聞き、調べると最高級の包丁はとても買えない価格だ。やむなく中級クラスの包丁を買ったが、箱には「高級」と書いてある（安物の包丁にも「高級」と書いてある）。包丁にこだわる理由は、よく切れる包丁を使うと、トマトでも鶏肉でも素材の味がまったく違うと言われるからだ（高級な包丁を買うお金でいい食材を買った方がいいような気もする）。

もちろんこの包丁ももったいないから使わない。万一刃こぼれでもしたら取り返しがつかない。錆びないよう、水気のないところに大切に保管し、使うのは安物の包丁だ。切れなくても「素材の味を引き出す包丁をもっている」と思い起こすだけで満足できる。

五徳ナイフも買った。付属の小さいはさみで紙を試し切りして切りにくいことを確認した後、現在、買った三本全部が行方不明だ。

使わないなら買わなきゃいいと思うだろうが、こういう商品を使うような非常事態が一度も訪れないことが最善なのだ。

わたしの中で、刃物類と同じカテゴリーに入っているのはサバイバル用品だ。妻は建物が倒壊して下敷きになったときのために笛を肌身離さずもっている。自分さえ助かればいいというハラだ。わたしは違う。笛でだれかに助けてもらおうという根性を軽蔑し、独力で危機を脱出すべきだという崇高な信念をもっている。

ポケットレインコートや懐中電灯の他、両手が使えないときのためにヘッドライトも買ってある（一度も使っていないが、そろそろ電池がなくなっているころだ）。欲を言えば、軍用の懐中電灯、双眼鏡、暗視スコープ、できれば戦車や大砲もほしいが、高価すぎて手が出ない。

本来なら保険証、ビタミン剤、通帳、マイナンバーカードも揃えておいた方がいいし、それ以前に本箱を固定すべきだろうが、そんなことで解決するような危機は想定するに値しない。

想定すべきなのは、山で遭難したときや、無人島にひとり漂着したときだ（それにしては登山靴、防寒具、テント、コンロ、百円ライター、水中メガネ、銛《もり》、スコップなどは眼中にないのだから、不思議である）。

要求されるのは、実用性、堅牢、多機能、小型軽量、安価の五点だ。先日その五条件を満たす商品を見つけた。トレッキング用の杖だ。六つのパーツに分解でき、それぞれのパーツにナイフ、のこぎり、ドライバーなどが収納される。しかも堅牢そうなのに軽量だ。いずれ足腰が弱り、杖が必要になるが、これがあれば山で遭難しても無人島に漂着しても安心だ。

説明書が簡単すぎるため、インターネットで組み立て方を探すと、この杖を評価する動画が見つかった。屈強な中年男が、杖を地面に叩きつけると曲がってしまい、それを膝に当てて力を加えると簡単に折れてしまうという内容だった。

のこぎりやナイフの機能が不十分かもしれないと覚悟はしていたが、本体がこんなに脆弱《ぜいじゃく》とは思わなかった。粗末には扱えない。大切に保管した。行方不明になる日も近そうだ。

ギャンブル漬けの生活

わたしの生まれた家では、父の方針で、ギャンブルは絶対禁止だった。

父が語る実例は豊富だった。競輪で家も家族も失った人、証券会社の食堂で、スーパーで買ったうどん一玉に備え付けの醤油をかけて食べて有り金を株につぎ込んでいる人、株で財をなして個人で公会堂を寄付し、公会堂の完成前に破産して自殺した人の話を語り、ギャンブルがいかに恐ろしいかをこんこんと説いた。

兄弟で将棋をしていても「勝負事をするな」と怒ったのも、ギャンブルにつながるからだ（父は夜店の詰め将棋に挑んで金をかなり取られたらしい）。

父が晩年語ったところによると、若いころ一生遊んで暮らせる財産を築いたが、子どもにギャンブルの恐ろしさを説いていたころ、投機に手を出し、家も含めて全財産を失い、必死に働いて立ち直り、再び投機で全財産を失ったという、無類のギャンブラーだった。そう述懐し、「わしも株とは手を切った。お前も絶対に株になんか手を出すなよ」とさとして締めくくった。死後、父は死ぬまで株をやっていたことが分かった。

父にギャンブルの恐ろしさを教え込まれていたころは、なぜギャンブルに手を出すのか理解できなかったが、大学に入ってから麻雀とパチンコにのめり込んだ。寮のドアに「パチンコは勝てない」とイラスト付きで張り紙をして、毎日それを見ながらパチンコ店に出かけていた。父がそれを知り、「パチンコなんか勝負が小さくてバカらしいからやめろ。最後に一回だけやらせてやる」と言い、父の前で最後のパチンコをしたが、簡単に負けてしまい、もはやこれまでとあきらめたとき、父が金を出し、「もっとやれ」とけしかけた。

わたしがパチンコから足を洗ったのは十年後だった。ギャンブルで勝つことはまずない。電車賃の五円、十円までつぎ込み、家までトボトボ歩いて帰るときの惨めさ、親からの仕送りを使い果たし、一週間を食パン一斤で過ごす罪悪感。

だが、とことん負けたときにも奇妙な快感があったような気がする。あらゆる希望を失い、救いようのないクズだという自責の念にかられ、自分が無価値だという無力感に襲われる感覚には麻薬的な魅力がある。負けがなければ、ギャンブルはしびれるようなスリルを欠き、勝っても貯金するのと同じ喜びしかない。

『平家物語』の滅びの美学もドストエフスキーの賭博者の心理も共感できた。負けたら敗残者だと分かっていても、それはそれで甘受しようと考えるためか、一か八か、大きい賭けにも出るようになった。法学部をやめて何の保障もない哲学の道に進み、大学紛争では大学をあきらめて不動産屋を目指し、何の勝算もないのに一か八かで妻に「この味噌汁、ちょっとしょっぱくないか？」と文句を言ったりするなど、大きい犠牲を払った（哲学の中でもハイデガー研究に費やした二十年間は無駄だったから損害は甚大だ）。

任意の一日をとってもギャンブルの連続だ。居眠りしないでいる意志の強さに賭けたが二時間も居眠りし、買ってくるよう頼まれたのは人参だったことに賭けたが、頼まれたのは大根で妻の怒りを買い、今週はつまずかないことに賭けたが、平らな道でつまずき、「雨は降らない」ことに賭けたのに雨に降られ、間に合う方に賭けたのに電車に乗り遅れ、店が開いている方に賭けて遠方の店に行くと臨時休業だったなど、一勝五十敗だった。負けすぎだ。

勝敗がまだ不明なものもある。一か八かで食べた高カロリー食の結果の勝敗は不明だ。昨日、妻に「オレがおいしい食事を作ってみせる」と見得をきったが、大博打だった。どうしよう。

解説

川上弘美

本書を読んで、愕然とした。

なぜなら、土屋先生の描く「妻」像が、あまりに自分と似ているからである。

今までは、そんなことはかけらほども思っていなかった。土屋先生がつねづね描いているような恐ろしい妻が、この世に存在するはずがない。いわゆる『恐妻におしひしがれる夫』芸」であり、文章上のレトリックであり、実際の「妻」はもっとおだやかで素敵な「妻」にちがいない、だからこそ「夫」は余裕をもってこんなふうに書けるのだ。と、たかをくくっていた。

話は変わるが、わたしは結婚に失敗している。せっかく縁あって連れ添った夫とは離婚した。結婚生活は総体におだやかで、もちろんさまざまな齟齬《そご》はあったけれど、離婚したのは互いが駄目な人間だったからではなく、相性や人生のタイミングがたまたま運悪いめぐり合わせにあったからだと、ずっと思っていた。

自分の話を続けてしまって申し訳ないが、その後ふたたびわたしは伴侶を得、結婚はしていないが十年以上事実婚を続けている。そしてさいわいに、波風のたつことの少ない平穏な生活を送っている。

と、思いこんでいたのだが、今回この本の解説を書くにあたって、土屋先生の描く「妻」に関する文章を精読しているうちに、もしかして……と、自分に対する疑念がむくむくとわいてきたのである。

たとえば、「いい気味だ」というエッセイの中で、土屋先生が「妻から要求をつきつけられた」として挙げている八つの項目のうち、六つはわたしも同居人に言っていることである。長年散らかっている部屋の片づけを今年中に必ずすること。食べカスを床にこぼしたらちゃんと掃除機で吸いとること。部屋全体の掃除はもっと雑巾をていねいに使うこと。肉を焼きすぎなのでもっとジューシーに焼くこと。ゴキブリはいつもわたしが素手でとっているが、スリッパを使ってもいいからたまには自分でとること。わたしのことをよそさまに言う時にはいいことしか言ってはいけないこと。等々。くらべてみると、土屋先生の「妻」より、もっと要求が細かいうえに、二つ当てはまらなかった「テレビを見るときのダラけすぎる姿が不愉快だ」と「『おはよう』と言う声が瀕死の病人みたいに弱すぎる」は、わたし自身がいつもダラけてテレビを見ているのと「おはよう」の声も陰にこもった低い声なので、さすがに相手に要求するのがはばかられるので言わない、というだけのことなのである。

もちろんわたしは「……しろ」というような高圧的な言葉づかいはしない。要求の出しかたも、いちおうにこにこしながらである。けれど、要求の内実が一緒ならば、結局同じことなのだ。「これをしなければ、わたしは怒り心頭に発するのですよ」という要求を、表面上だけ礼儀正しくものやわらかにおこなっているにすぎないのである。

そうだ。土屋先生は、ものごとの表面にコーティングしてある甘いものやきらきらしたものや体裁ぶったものを、ぺりぺりぺり、と、音をたててはがすのだ。たとえば、「わたしの個人情報」には、こんな文章がある。

「近年、個人情報の扱いは慎重になっている。名簿や緊急連絡網はなくなり、大学の合格発表は、氏名でなく番号でなされている。これほど神経質になっているくせに、なぜみんな平気で自分の名前と顔をさらしているのか不思議である」

なるほど、そうだよなー、と、読みながら笑いつつ、「個人情報」というものの内実の線引きを、ほんとうのところ自分もきちんと考えてなどいなかったことに、はっと気づかされるのである。

土屋先生は、退職されるまでお茶の水女子大学の哲学科の先生だった。わたしもお茶大の卒業生であり、数年前、土屋先生の哲学科での教え子だった漫画家の柴門ふみさんと二人で、在校生の前で対談をする機会があった。その後、柴門さんとわたしは、土屋先生の研究室にお邪魔し、お茶をごちそうになった。よもやま話をするうちに、なぜだか話題は「結婚とは」「理想の夫とは」というような方面に流れ、「どんな男性が理想ですか」と土屋先生が聞くので、「自分だけに優しい人」と答えた記憶がある。

そんなことを思いだしながら本書を読んでいたら、「モテる男」の中に、「女が求めるのは生物や万人にやさしい男ではなく、まして他の女にやさしい男ではない。自分にだけやさしい男だ」とあった。さらに自分の記憶をたどると、土屋先生の研究室で、わたしは続けて「同居人はわたしだけに優しいです」と、堂々と自慢したおぼえもある。

しかし、前出の「いい気味だ」の中で、妻に過大な要求をされた土屋先生は、「この歳になって注文をつけられても、直せるわけがない。反省したと思っているかもしれないが、反省したふりなのだ。直せと言うなら小学校入学前に言ってくれ。どうせ反省したふりをするだけだが。第一、お前の勝手な注文を全部覚えていられると思ったら大間違いだ。お前だって明日になればどうせ忘れている」と内心を吐露している。

う……と思いながら、要求をつきつけられた時の同居人の挙動をふりかえったわたしは、まさにエッセイの中の土屋先生と同居人の言動がぴったりと一致していることに気がついたのである。

だとすると、わたしが長年「わたしだけに優しい理想的な同居人」と信じていたその人は、実は「つれあいから無茶ぶりをされた時に反省したふりをし、反発をしないでその場をやり過ごす」人にすぎなかったということなのか!? いや、きっとそうだ、そうに違いない。と思って、一昨日その旨聞いてみると、「うん、そうだよ」と、素直に答えた。

以上のことから、もしかすると、土屋先生の「妻」は、わたしと同様、土屋先生を「自分だけに優しい夫」と信じているかもしれないのである。そして、土屋先生その人こそ、「理想のモテ男」なのかもしれないのである。

実際の土屋先生は、細マッチョの、たいへんにいい感じのたたずまいを持つかたである。たしか、武術もおさめられている由。読者のみなさん、土屋先生のエッセイを読んで、「ツチヤはいつも遠慮深く小さくなっている人間だ」と信じてはいけません。土屋先生は、実は、理想的な夫であり、モテ男であり、世にも懐の深いかたなのだ。でないと、わたしと同居人の関係に亀裂がびりびりと入る可能性があるので、絶対にそういうことにしておいてください。そこのところ、どうかよろしくお願いします。

（作家）

文春文庫

長《なが》生《い》きは老《ろう》化《か》のもと

定価はカバーに
表示してあります

2022年11月10日　第1刷

著　者　土《つち》屋《や》賢《けん》二《じ》
発行者　大沼貴之
発行所　株式会社　文藝春秋

東京都千代田区紀尾井町 3-23　〒102-8008
TEL　03・3265・1211㈹
文藝春秋ホームページ　http://www.bunshun.co.jp

落丁、乱丁本は、お手数ですが小社製作部宛お送り下さい。送料小社負担でお取替致します。

印刷製本・凸版印刷

Printed in Japan
ISBN978-4-16-791962-7